Salva pelo meu Canalha

Salva pelo meu Canalha

DAWN BROWER

Contents

EXCERTO: NUNCA DESEJE UM DUQUE

Nota da Autora

Obrigada a todos vocês que leem meus livros e pedem por mais. Vocês são a razão pela qual eu continuo a escrever e desenvolver novas estórias. Este é o começo de uma nova aventura e eu espero que todos vocês gostem tanto quanto eu. Antes que me perguntem (já que tenho leitores beta que gostaram muito dele, mesmo depois de tanta safadeza), sim Capitão Jack terá seu próprio livro. Você precisa esperar um pouco para lê-lo. Ele foi uma surpresa e eu não esperava ou planejava, inicialmente, mas me diverti muito com ele.

Capítulo Um

Nova Iorque, 18 de Agosto de 1987.

Paul Dewitt tamborilava os dedos no braço da cadeira. A rigidez do escritório do médico o deixava cego e ele não conseguia focar em nada. A espera o estava deixando maluco. Enquanto os ponteiros do relógio se moviam, ele podia ouvir o som de sua vida se esvaindo. O que havia de errado com ele? Por que ele havia desmaiado? Ele precisava de respostas e era melhor que o maldito médico chegasse e lhes desse logo. Ele não estava pronto para morrer. Tinha tanto ainda que ele precisava fazer.

O médico entrou às pressas, sentou à mesa e sobre ela colocou uma pasta de papel pardo. Ele olhou para Paul, os dedos das mãos entrelaçados em concentração. Depois de um longo período e silêncio, ele suspirou e abriu a pasta. De dentro dela tirou um papel e entregou-o ao Paul.

"Nós fizemos todos os testes necessários e chegamos a uma conclusão." O médico parou e olhou direto nos olhos de Paul. "Você está se matando de trabalhar. Se não começar a diminuir o ritmo agora, não chegará ao seu trigésimo aniversário."

"O que há de errado comigo?" Paul olhou para a folha de papel, mas estava tudo escrito em termos médicos. "Me diga o que esses números significam."

"A resposta mais simples é que você está estressado demais. Seu coração está sobrecarregado e você não dorme o suficiente. Seu corpo está cansado e lutando contra ele mesmo. Ele entrou em colapso quando atingiu o seu limite." O médico pegou a folha de volta, guardou na pasta e a fechou. "Ao contrário do que você acredita, Paul, você tem limites. Você precisa se cuidar mais. O melhor conselho que posso lhe dar é que vá viajar. Pelo que você me disse trabalha 80 horas por semana. Nesse ritmo, não viverá para fazer nada com o dinheiro que você vem acumulando. Como seu médico, é o que eu posso fazer por você."

O bom médico podia enfiar o conselho naquele lugar e torcer como uma navalha. Ele não podia tirar férias. A companhia dele estava próximo de finalizar a grande aquisição de uma empresa de software para computador. Essa empresa de software possuía as patentes que Paul precisava para o lançamento de seus computadores pessoais no mercado. Seus produtos se tornariam mais acessíveis para as famílias e todas as suas pesquisas de campo mostraram que ele esses produtos teriam uma margem de lucro alta. Estar doente não era algo que ele podia ficar numa hora tão crítica para a empresa de sua família. Ele era o único que poderia fazer a aquisição acontecer. Seu irmão era um fracasso nos negócios e preferia curtir festas do que ter qualquer tipo de responsabilidade. Se ele não cuidasse de tudo, quem cuidaria?

"Não posso tirar férias." Ele bufou. "A ideia é absurda."

O médico deu de ombros. "No final, a decisão é sua. O que é mais importante para você? Sua empresa ou sua saúde? Eu não posso decidir por você. Meu serviço é mostrar para você o que vai acontecer baseado nas decisões que você toma."

Paul odiava admitir que o médico estava certo. Exaustão simplesmente o drenou. Ele esfregou os olhos, na esperança de que isso o ajudaria a ficar focado. Se ele sobrevivesse pelo próximo mês, até que a negociação estivesse terminada… Eles teriam que comprar ações aos poucos, usando corporações fictícias antes de assumir o controle da empresa de software. Seria terrível ter a Comissão de Títulos e Câmbio atrás deles. Ele poderia trabalhar de casa, se fosse necessário. O escritório e negócios do dia a dia podiam correr sozinhos. É para isso que ele tinha uma assistente administrativa. E ela era muito boa no que fazia.

"Quanto tempo?"

"Como?" O médico ergueu uma sobrancelha. "Quanto tempo para o quê?"

"Quanto tempo de férias você recomenda que eu tire?"

"Um mês---"

"É muito tempo," Paul o interrompeu. "Não tem como eu tirar um mês de férias da minha própria empresa. Eu acabaria sendo destituído se saísse por tanto tempo."

O médico balançou a cabeça e suspirou. "Eu duvido que chegaria a tanto. Uma semana então. Você consegue tirar uma semana de férias?"

Paul inclinou a cabeça enquanto pensava na possibilidade. Ele poderia tirar uma semana.

Poderia deixar instruções detalhadas para a Christy. Ela sabia como ele gostava que as coisas fossem feitas e podia contar com que ela deixasse tudo correr direito enquanto ele brincava na praia. Ele quase riu do absurdo de pensar em si deitado na areia enquanto as ondas quebravam na praia. Não demoraria muito mais que um dia para que ele morresse de tédio. Talvez o médico estivesse certo e ele precisava diminuir o ritmo, mas não fazer nada? Isso era pior do que a morte. Ele não sabia viver despreocupadamente. Não estava no DNA dele.

"Talvez eu consiga uma semana, se eu tiver uma semana para preparar a empresa para a minha saída."

O médico franziu o cenho, e disse. "Isso pode não ajudar. Você precisa de uma semana inteira para se preparar?"

"Sim," ele respondeu, enfaticamente. "Eu lido com muitos dos detalhes da companhia todos os dias. Eu preciso de tempo para prepará-la para minha ausência. Eu sei que senhor acredita que preciso dessas férias, e o senhor sabe que eu descordo. Eu não posso, em sã consciência, deixar tudo o que me é de responsabilidade como CEO."

"Certo, mas eu quero que passe em meu consultório daqui alguns dias para um teste de estresse.

Tenho medo de que você se esforce demais e tenha um infarto antes do final da semana."

Será que seu coração estava tão sobrecarregado? Ele estava cansado, mas o médico estava exagerando. Ele só desmaiou uma vez...

"Pedirei que minha assistente marque uma consulta. Eu não sei ao certo quando eu tenho um tempo livre."

O médico concordou com a cabeça. "É o melhor à fazer. Quando você voltar de suas férias eu sugiro que reduza as suas horas de trabalho para, pelo menos, um terço. Encontre outra coisa para preencher o seu tempo."

"E o que mais eu faria senão trabalhar?" Paul revirou os olhos. "Eu não gosto de gente e não tenho hobbies. Só sei trabalhar."

"Não sei... tente namorar, achar alguém para amar. Se casar, ter uma família."

Paul quase riu das palavras do médico. Ele pode ter sido seu médico desde que ele era criança, mas isso não significava que ele seguiria conselhos amorosos. Mulheres eram boas para apenas uma coisa e ele não precisava de uma em tempo integral para ter o que ele queria. Ele não tinha a menor intenção de encontrar o amor. Não estava nos seus planos e ele estava contente com isso. E filhos, a irmã dele tinha duas crianças que poderiam herdar a empresa. Ele não precisava de progenitores para passar a empresa pra frente.

"Obrigado, mas não preciso desse tipo de conselho. Família é a última coisa que eu preciso. Você já disse que estou estressado, o que você acha que família e filhos fariam comigo?"

"Então só diminua o ritmo. O resto da sua vida se encaixará assim que você o fizer. Aproveite suas férias."

Aproveitar? De alguma forma ele acreditava que era a última coisa que ele faria. E isso não importava. Se ele tinha que dormir até tarde e ser preguiçoso por uma semana para ajudar seu coração, ele o faria. O resto do conselho de seu médico não era nem opção. Ele não precisava ou queria alguém que o perturbasse pelo resto da vida. Ele estava feliz do jeito que estava.

"Eu posso ao menos tentar. Você tem alguma recomendação de lugar para as férias?"

O médico balançou a cabeça. "Não e não importa onde você esteja desde que você relaxe. Você pode ficar em casa se quiser, apenas não trabalhe."

"Certo." Ele duvidava muito que conseguiria se manter longe do escritório se ficasse em casa. Então ir para uma ilha seria o melhor. Ele pediria à sua assistente que reservasse a viagem para ele. Não importava onde, só precisava ser um lugar bom e relaxante como prescreveu o médico. "É melhor eu ir. Obrigado pelo conselho."

Paul levantou-se e saiu do consultório médico. Ele precisava voltar para a Dewitt Enterprises e planejar o que seria necessário para essas férias inesperadas.

§

Porto Royal, 28 de Agosto de 1987.

O sol derramava seu calor por sobre Paul, enquanto ele deitava na areia e as ondas quebravam na praia. Ele tirou os óculos de sol e secou o suor da testa. As férias forçadas estavam o levando à loucura.

Claro, Porto Royal era lindo e ótimo. Tinha vistas maravilhosas ao seu redor, incluindo uma morena sexy que ficava trocando olhares com ele enquanto andava pela praia no seu minúsculo biquíni branco. Ele não conseguia nem se interessar pela mulher – mesmo ela sendo tão sexy. Simples-mente não a queria. Ele já estava na ilha há dois dias e ele estava começando a ficar maluco. Ele tinha que fazer algo mais do que ficar deitado na praia olhando o mar. Pelo menos ele poderia ser grato de não ter aceitado o primeiro conselho do médico de tirar um mês de férias. Teria sido uma tortura da qual certamente não sobreviveria.

Paul suspirou. Ele olhou pro cima de sou ombro e uma ideia veio à mente. Tinha tanta coisa a ser vista nesta ilha, talvez fosse hora de explorá-la. O hotel era bom e tinha todo o luxo possível, mas ele não estava acostumado a usufruir desses serviços. Seu pai fez questão de que ele entendesse o que era importante. A fortuna da família pesava direto nos seus ombros. Era sua responsabilidade assegurar que todos eles vivessem no padrão de vida ao qual estavam acostumados. Os Dewitt vinham de dinheiro antigo, bem, tão antigo quanto o dinheiro de uma família Americana podia ser. Eles fundaram o próprio negócio cedo na história do país e conseguiram manter a fortuna por pura vontade e garra.

Se, pelo menos, papai tivesse instigado os mesmos princípios no seu irmão inútil e sua irmã debutante.

Paul levantou-se e seguiu em direção à vegetação abundante da ilha. Uma caminhada pela beira da montanha pode ser do que ele precisava para se soltar. Sentar e ser preguiçoso não servia para ele, mas ele poderia tentar o bom e velho exercício. Ele colocou de volta os óculos de sol e começou a longa caminhada para as Montanhas Azuis da Jamaica. Ele subiria um pouco, olharia a paisagem e desceria de volta para o hotel a tempo para o jantar.

Depois de um tempo, ele parou na entrada de uma caverna e olhou para o oceano. Era uma vista linda. No céu ele pôde ver umas nuvens cinza se formando. Uma tempestade vinha em direção à ilha. Ele deveria voltar para o hotel antes que ele ficasse preso na chuva torrencial. Ele começou a voltar quando ele viu uma figura passar pelo canto do seu olho. Ele virou, assustado, ao ver uma mulher correr à sua frente. O vestido dela era de outra era. Ele tinha visto fotos antigas para saber que não era normal ver uma mulher passeando por ali vestida como se estivesse no século XVIII. Ela tinha longos cabelos louros que caiam pelas suas costas em ondas. Paul estava instantaneamente intrigado.

"Espere, você não deveria estar aqui sozinha. Tem uma tempestade se aproximando."

Ela o ignorou e continuou correndo. O medo em seus olhos o alarmou quando ela olhou para trás. Ele correu atrás dela na mesma hora que um raio caiu seguido por um barulho estrondoso de trovão. Paul tinha que ajudá-la. Se a deixasse sozinha naquela tempestade, ele seria o pior babaca de todos os tempos.

"Moça, não corra. Eu posso te ajudar."

Talvez ela não conseguisse escutá-lo. O trovão era muito alto e o barulho se aproximava cada vez mais. A chuva começou a cair em ondas. Depois de um tempo, ele já não conseguia ver dois palmos à frente e perdeu a loura de vista. Ele foi vagarosamente para o último lugar em que a viu. Veio um clarão, cegando-o, ao mesmo tempo que uma rajada de vento passou por ele. Ele lutou para se manter em pé, mas logo perdeu o equilíbrio e caiu para frente. Dor irradiava pela sua cabeça e ele começou a perder a consciência. Seus braços se agitaram enquanto ele caia em direção ao pé da montanha. Sua boca se abriu com um grito silencioso.

Tudo isso porque quis ser um bom samaritano. Da próxima vez, se ele vivesse, ele deixaria a mulher por sua conta e risco.

Capítulo Dois

Ilha de São Cristóvão, 18 de Agosto de 1722

Lady Evelyn Beckett terminou de colocar seu vestido leve de musselina. O calor do verão na ilha não deixava muitas opções para uma dama, e ela estava morrendo naquele calor sufocante. Seus cabelos longos e louros estavam encharcados de suor. Ela sentou e começou o tedioso processo de trançá-los para depois prendê-los em um coque apertado. Até mesmo uma pequena mecha solta esquentaria ainda mais a sua pele já acalorada.

"Lady Evelyn," disse a empregada. Ela fez uma pequena reverência antes de falar novamente.

"Perdoe minha interrupção, mas seu pai requer sua presença em seu escritório."

Seu pai, o Conde de Ashland, era dono da plantação onde eles moravam no momento. Ela viveu na Inglaterra durante seus anos de formação, mas quando sua mãe morreu ele os fez mudar e começaram uma nova vida nas Índias Ocidentais. Evelyn odiava cada momento de sua vida na ilha e não via a hora de voltar para o clima mais ameno da Inglaterra. Talvez esse fosse o momento pelo qual esperava. Seu prometido, o Duque de Southington, deve ter finalmente vindo buscá-la para seu casamento.

"Diga a ele que descerei em um instante." Ela escondeu sua excitação. Não seria certo demonstrar suas emoções. Seu pai não gostava de damas que fizessem algo inapropriado. "Preciso terminar meu penteado."

Seu pai tinha ideias rígidas do que uma dama podia ou não fazer. Ele levou o papel de superprotetor ao extremo. Ela tinha um lacaio, ou melhor um guarda que era como ela o via, que a seguia a todo lugar. Ele negava a ela uma empregada pessoal fazendo com que ela aprendesse a se vestir apropriadamente e atender às próprias necessidades sozinha. Isso serviria supostamente para lhe ensinar a ser humilde. Todos os empregados observavam cada um de seus passos. Ela não podia espirrar, que alguém logo diria ao seu pai.

Depois de terminar seu cabelo e checar seu vestido, ela estava certa de que estava apresentável e foi até o escritório de seu pai. Um serviçal estava parado à porta. Evelyn o olhou e perguntou, "Ele está disponível?"

Ela aprendeu desde cedo a não invadir o escritório do pai. A primeira e única vez em que o fez, seu traseiro queimou por uma semana depois das chicotadas que ele lhe deu. Era um erro que ela não cometeria novamente. Se tinha algo no qual ela era boa era não repetir o mesmo erro duas vezes. Viver na ilha e sem a mãe para guiá-la a deixava em desvantagem – seus pais eram tão diferentes quanto o dia e a noite. Sua mãe era amável, bondosa e zelosa. Ela a protegia das tendências obscuras do pai. Uma vez que ela se foi, ela conheceu seu pai pelo homem que realmente ele era. O monstro do qual ela não podia escapar.

Ele assentiu. "Lord Ashland a espera."

Ela se fortaleceu para o encontro com o pai e andou rígida para dentro do escritório. Cabelo grisalho caído para frente, escondia o rosto dele enquanto ele se curvava para estudar um documento. Ela segurou as mãos à sua frente e pacientemente aguardou que ele notasse sua presença e lhe desse licença para se sentar. Depois de alguns minutos ele olhou para cima e gesticulou para que ela se aproximasse. "Evelyn, entre. Não perca tempo."

Ela reprimiu a vontade de virar os olhos. Insolência era proibido. "Sim, pai."

"Sente-se. Temos muito a discutir."

Ele se levantou e andou até uma janela próxima. A luz do sol o iluminou. Ele era um homem robusto e trabalhou duro para construir a sua fortuna nas Índias Ocidentais. E isto estava começando a cobrar seu preço. Novas rugas estavam se formando sem sua testa e ao redor dos olhos diariamente. Evelyn não duvidava que o estresse ao qual ele se impunha o levaria à cova mais cedo. Infelizmente, ela duvidava que sentiria falta dele, uma vez que ele se fosse. Ele fazia de sua vida um inferno.

"Eu tentei fazer o meu melhor para você. Criar-lhe de forma correta e humilde," ele começou. "Eu sei que você deve me achar odioso, mas tenho o seu melhor interesse em meu coração."

Isso não era bom. Ele estava começando um discurso que não parecia que a deixaria sem marcas.

"Sim, pai, quero dizer, não" - ela negou com a cabeça ardentemente - "Eu não acho que o senhor seja odioso." Ele realmente era. "Sei que você apenas quer ter certeza de que terei uma vida boa." Desde que siga suas regras e não desvie delas de maneira alguma.

Ele riu. "Não tente me enganar, garota. Eu sei bem o que você realmente pensa." Seu pai balançou a mão de forma desconsiderada. "Não importa. Não é por isso que a chamei. Recebi uma carta do Duque de Southington. É hora de você retornar à Inglaterra para seu casamento. Não é o momento para que eu deixe a plantação, então mandarei uma empregada como sua acompanhante. Ele espera que você chegue à Inglaterra em seis semanas para o casamento."

Ela engoliu seco. "Eu entendo."

Ela queria pular de alegria. Certamente o Duque seria melhor companhia do que seu pai. Em seis semanas ela será Duquesa de Southington, e ela mal podia esperar.

Ele assentiu. "Eu já pedi que comecem a fazer suas malas. Você partirá no navio desta noite."

"Tão depressa?" As palavras saíram antes que ela pudesse pará-las. Ela mordeu o lábio e esperou sua punição. Normalmente era um tapa no rosto, por atrever-se a questioná-lo. Quando não veio nenhuma reprimenda, ela abriu os olhos devagar e estava surpresa com a expressão que viu no rosto do pai. Ele parecia arrependido.

"Cometi muitos erros. Não vou me desculpar por eles, pois eram a única forma que eu conhecia para te criar. As vezes eu queria..." Ele se balançou a cabeça. "Não importa o que eu queria. Se sua mãe estivesse aqui ela seria melhor nisso do que eu. Eu sentirei sua falta, Evelyn. É mais difícil dizer adeus do que eu pensei que seria."

Este era um lado de seu pai que ela desconhecia. Ela não tinha um mapa de sua personalidade para seguir. Como ela deveria responder a tão súbita mudança? Se ela cometesse algum erro ela poderia acabar se arrependendo. Então ela não disse nada e deixou que ele continuasse. Quando não souber o que falar é melhor esperar pelo seu pai, outra lição que ela aprendeu a duras penas. E foram tantas lições que ela perdeu a conta.

"O que está esperando?" Ele moveu as mãos de maneira a enxotá-la. "Vá se arrumar para a viagem."

Foi bom ver algum sentimento, mesmo que breve, vindo de seu pai. Mostrou a ela que por um curto espaço de tempo o pai tinha um coração. Ele o mantinha escondido de todos. Mas no final não importava. Ela ainda queria estar bem longe dele quanto possível. Certamente havia algo maior e mais significativo para sua vida do que ser a filha de um conde autocrático.

Então, ela o deixou sozinho em seu escritório, da forma como ele gostava, e foi se preparar para a nova vida.

§

Em Alto Mar, 21 de Agosto de 1722.

Evelyn esteve a bordo do navio por dias. Por muito tempo eles não se moviam porque não havia vento para guiar as velas. A viagem levaria uma eternidade de qualquer forma. As ondas balançavam o barco e a deixavam enjoada. Navegar nunca foi algo de que ela gostava. O caminho da Inglaterra para a Ilha de São Cristóvão foi igualmente horrível.

"Lady Evelyn."

A voz de Abby penetrou em sua melancolia.

Evelyn se virou em direção à acompanhante escolhida pelo seu pai para fazer a viagem com ela e disse, "Sim?"

"Talvez seja hora de entrar na sua cabine. Suas

bochechas estão vermelhas de ficar muito tempo ao sol."

Evelyn não tinha a menor intenção de aceitar ficar na cabine. Ela não queria saber se suas bochechas queimassem por causa do calor do sol. Era uma benção respirar o ar salgado. Ela estava pronta para dizer isso à Abby quando um grito ecoou na briza.

"Piratas à vista!" Um marinheiro gritou do alto da cesta da gávea.

O primeiro imediato correu, gritando, "Todos trabalhando agora!"

O caos se instaurou assim que todos começaram a correr para o convés do navio. Eles esqueceram de Evelyn nesse processo, que acabou sendo empurrada contra um dos mastros. Sua cabeça bateu com força e ela caiu. Ela ficou olhando para longe, tonta por vários momentos.

"Lady Evelyn." Sua acompanhante a chacoalhou. "Você precisa se levantar. Piratas estão atacando o navio."

"O que?" As palavras pareciam sem sentido. "Quem está atacando?"

"Você está fora de si?" Abby gritou. "Levante-se agora e vá para a sua cabine, onde estará segura."

Abby agarrou Evelyn pelos braços e a puxou

para cima bruscamente. Evelyn mal se movia sozinha. Ela balançou a cabeça na tentativa de desanuviá-la. O que Abby tinha dito? Ah sim, piratas. As palavras finalmente penetraram em sua mente e ela se levantou. Seus movimentos eram lentos e ela perdia o equilíbrio para cada passo que dava.

"Continue andando." Incentivava Abby.

Uma explosão atingiu o casco do navio, empurrando-a para frente. Seus joelhos bateram duramente no convés e levaram a pior para amortecer sua queda. Ela teria marcas por todo o seu corpo antes que o dia terminasse. Ela se levantou tateando de volta para a entrada da cabine abaixo do convés. Vibrações passavam pelos seus dedos enquanto ela se movia pela lateral do navio.

"Ande logo. Pelo amor de Deus, se apresse. Nós vamos morrer se continuar assim." A voz de sua acompanhante estava cheia de horror. "Por que eu deixei o Conde me convencer a vir junto com você nessa viagem de volta à Inglaterra? Eu estaria salva em minha cama se não fosse por você."

Uma parte de Evelyn sabia que Abby não gostava dela. Essa era toda a confirmação que ela precisava. "Se eu sou um peso tão grande assim, você pode ir."

Ela provavelmente estaria bem melhor sem a

acompanhante com ela, a espiando. Ela não tinha dúvidas de que Abby reportaria tudo para o pai dela. Mas logo ele não teria nenhum controle sobre a sua vida. Um novo homem teria essa honra. Ela tinha visto o Duque apenas uma vez quando era bem nova. Ele parecia sério as não maldoso. Evelyn esperava que sua análise original não estava errada. Era fácil enganar uma garota, mas ela era uma mulher e ela veria através de qualquer frente. Sob a tutela de seu pai ela foi treinada para qualquer possibilidade. Ela teve que crescer forte e capaz de aceitar qualquer coisa por causa do temperamento indomado do pai e suas expectativas rígidas.

Abby a olhou por cima do nariz com ar desafiador. "Ficarei feliz em me livrar de você. Tenho certeza de que os piratas a acharão adorável."

Ela passou correndo por Evelyn e desceu em direção à cabine. Ela teve que lutar para não derramar as lágrimas que estavam ameaçando a cair. Abby estava certa. Também ficaria feliz em se livrar de sua espiã e chefe de tarefas. Sua vida seria muito mais fácil sem ter que lidar com uma empregada ditando regras no lugar de seu pai. Talvez os piratas sejam uma escolha melhor.

"Prepare-se para ser embarcado," um pirata gritou.

O barulho de pés batendo contra a madeira encheu seus ouvidos. Gritos e urros se juntaram ao bombardeio de sons. Homens estranhos mudavam de um lugar para outro no navio enquanto lutavam pelo controle. Os piratas entraram no navio e pouco tempo já tinham o domínio da embarcação. Evelyn queria engatinhar até um buraco e se esconder, mas já era tarde.

"O que temos aqui?"

Uma voz rouca, tão rica quando um whisky Escocês que seu pai gostava, encheu seus ouvidos. A bebida era algo que ela não deveria conhecer, mas apenas por curiosidade ela experimentou um pouquinho do líquido âmbar. Evelyn olhou para cima e encarou diretamente os olhos que tinham exatamente a cor do mar caribenho. O cabelo louro dourado do pirata brilhava à luz do sol. Ele era talvez o homem mais bonito que ela tinha visto. Ela havia escutado que os piratas eram um bando sujo, mas este era certamente de uma linhagem completamente diferente.

"Quem é você?"

Ele a estudou por algum tempo e então seus lábios se curvaram num sorriso perverso. Um sorriso que o fez ficar ainda mais atraente. Essa besta sexy era charmosa de mais para seu próprio bem. Ele podia devastar a população feminina se fosse solto.

"Capitão Jack Morgan, a seu dispor." Ele se curvou a ela. "Percy, venha ajudar a dama a embarcar no Canto de Sereia. Ela nos acompanhará como minha amante."

"Mas capit..." O pirata gaguejou.

"Você está recusando uma ordem direta minha?" Capitão Jack o encarou.

"Não, Capitão." Ele baixou a cabeça num gesto de submissão. Ele se aproximou um pouco e sussurrou, "Mulheres são uma maldição em um navio."

"Eu não me curvo diante de superstições. Essa mulher é minha e eu pretendo mantê-la." O capitão dispensou o outro pirata. "Agora, faça o que mandei."

Evelyn olhava de um para o outro. O pirata acabou de dizer que ela será sua amante? Nem por cima do seu cadáver... Ela estava destinada a ser duquesa e ele estava maluco se ela deixaria que ele colocasse as mãos nela. Ele podia ser extremamente atraente, mas o pai dela não criou nenhuma idiota.

"Não serei amante de ninguém," ela praticamente cuspiu as palavras, depois que encontrou a voz e a coragem que ela aprendeu a ter ao lidar com a tirania do pai.

"Claro que não, você será amante do Capitão Morgan, e ele não é um qualquer."

O olhar de Evelyn voou em direção ao pirata que se acovardou diante de seu capitão. "Não o reconheço como alguém que deva ser idolatrado. Ele pode ser um deus para você, mas não é nada para mim."

Capitão Morgan riu. "Deixa-a por enquanto. Ela vai se render uma hora. Todas elas se rendem."

Um sorriso arrogante encheu seu rosto deslumbrante. Evelyn queria arrancá-lo permanentemente de seu rosto. Ele se achava o máximo. Quantas mulheres se atiravam a seus pés? Ela não seria uma delas. "Você pode esperar até o fim dos tempos. Eu não mudarei de ideia."

"Nós veremos, amor." Seu sorriso aumentou e ele passou um dedo pelo maxilar dela. "Me disseram que tenho o toque mágico."

Ela estremeceu involuntariamente. Por que ele tinha que ser tão lindo? "Eu não saberia dizer. Você não faz o meu tipo."

Ele riu levemente. "Gostei dela. Ela tem espírito. Nós nos divertiremos muito juntos." Ele virou em direção ao outro pirata. "Leve-a ao nosso navio agora." E depois gesticulou em direção ao navio em que Evelyn estava viajando antes de serem atacados. "Em relação a esse navio, livre-se dele."

Percy a puxou em direção à prancha e a levou para a outra embarcação.

"O que o capitão quis dizer com livre-se dele?"

"Ele quer que afunde o navio." Percy nem se importou em olhar para ela. Ele ficava a puxando em direção à cabine do navio pirata. Ele a empurrou para dentro dela e trancou pelo lado de fora.

"Você não pode matar todo mundo naquele navio." Ela batia à porta.

A última coisa que ela escutou ele dizer foi, "Isso não é decisão sua."

E dali por diante não havia nada a não ser silêncio, deixando Evelyn sozinha com seus pensamentos sombrios. Não havia como se salvar do destino em que ela se encontrava. Ela tinha apenas a si mesma em quem contar. Jack Morgan acreditava que ela iria de boa vontade para seus braços. Ele não a conhecia e nem conhecia suas decisões. Desde que ele não a forçasse ela saberia desviar de suas atenções. Ela respirou fundo e se forçou a relaxar. Ela precisaria de todas as suas forças para a batalha que estava por vir.

Capítulo Três

Em mar aberto, 28 de agosto de 1722.

Evelyn, de alguma forma, havia conseguido evitar os avanços do Capitão Jack Morgan por uma semana. Apenas muita força de vontade a fez dizer não em todas as vezes em que ele lhe direcionava seu charme. Ele estava mexendo com todos os seus sentidos. Sua mera presença já era sedução suficientemente irresistível. Ela precisava sair do Canto da Sereia antes que ela se oferecesse para o lindo demônio.

Por que, ah, por que ele tem que ser tão carismático e engraçado? Era uma pergunta que ela se fazia várias vezes ao dia desde que foi forçada a ficar em sua companhia. Ela respirava de alívio toda as vezes que ele saia da cabine. Ele, pelo menos, se recusava a tomá-la a força. E por isso merecia seu respeito. A maioria dos homens a teria tomado e nem sequer se importado em pedir sua permissão. Era um destino terrível de se ter e ela era grata pelo pequeno gesto. Ainda sim, ele deixava claro o que ele queria em todas as ocasiões em que se encontravam.

Logo ele tentaria beijá-la e ela não saberia como pará-lo. Parte dela queria que ele o fizesse. Aquela outra parte que sabia que ela merecia coisa melhor que a prevenia de ceder a ele. Ela tinha um futuro a proteger e ele não seria com o pirata bonitão. Além do mais, mesmo ele se recusando a tomála a força ele deu ordens que matasse a todos que estavam no outro navio. Irônico o fato de que Abby quis se separar dela para se salvar e no final acabou encontrando a morte no fundo do mar. Evelyn deveria se sentir triste, e parte dela se sentia assim, mas a grande parte dela não. Abby tinha deixado claro o que sentia por ela. Evelyn, no entanto, nunca quis que sua acompanhante morresse. Ela nunca ia desejar isso a ninguém.

"Como está a adorável Lady Evelyn, nesta tarde?"

Ela ergueu os olhos e quase se perdeu naqueles olhos verdes da cor do mar. Ele não era para ela. O

Duque de Southington não casaria com uma mulher de reputação arruinada. Ele podia nem querer casar uma vez que descobrisse que ela foi raptada por piratas. Desde que ela se mantivesse no controle, tudo acabaria da forma que deveria acabar. Ela tinha fé em seu destino. Jack Morgan não era parte de seu futuro.

"Me sentiria melhor se eu pudesse sair dessa cabine."

Ele sorriu. "Eu posso fazer isso. Mas você me deveria um presente."

Ela inclinou a cabeça para o lado enquanto o estudava. Isso era um truque, ela tinha certeza. Ela aprendeu a conhecê-lo bem na última semana. Em vez de pular de cabeça no esquema dele, ela preferiu mudar de assunto.

"Para onde está me levando?"

Ele riu e cruzou os braços na frente de seu peito robusto. Ela tirou rapidamente da cabeça os pensamentos sensuais sobre aqueles membros e o encarou nos olhos. Não seria certo ser pega olhando para ele como se ele fosse um prêmio.

"Estamos indo em direção à alcova dos piratas." Ele ergueu uma sobrancelha ironicamente. "Por que quer saber? Acha que receberá uma oferta melhor em Porto Royal?"

Ela bufou e cobriu a boca e nariz com a mão. Era um reflexo. Bufar não era coisa que uma dama fazia e seu pai a teria estapeado pelo gesto rude. Evelyn negou com a cabeça. "Não, não quero nada que outro malandro tenha a oferecer. Eu preferiria que me levasse à Inglaterra. Meu noivo está a minha espera."

O capitão franziu o cenho e balançou a cabeça. "Receio não poder acomodá-la. Se eu chegar próximo à Inglaterra eu teria uma forca preparada para mim. Eu prefiro respirar e manter minha garganta intacta."

Ela tinha medo que essa fosse ser sua resposta. Como ela voltaria para a Inglaterra para casar com o duque? "Deve ter um modo de você me mandar de volta para casa."

Ele deu de ombros. "Eu preferia manter você comigo. Logo você não se importará com a vida de pirata. Ela tem seus benefícios." O Capitão Jack balançou as sobrancelhas sugestivamente.

Ah, ele era teimoso. Por que ele não via a razão da história? Ela bateu o pé no chão em frustração. "Eu não quero viver essa vida. Você já parou para pensar o que isso vai fazer comigo? Minha reputação está em frangalhos. Nenhum homem respeitável vai me querer. Eu sou impura pelo simples fato de estar aqui sozinha com você."

O sorriso dele aumentou enquanto ele olhava para ela. Malandragem emanava de seus poros enquanto ele a analisava. "Então eu não entendo porque você luta tanto contra o que há entre nós. É certo que sente o mesmo que eu."

"Luxúria?" Ela ergueu uma sobrancelha. "Há mais na vida do que sucumbir aos instintos mais básicos. Eu não me deitarei com você não importa o quanto você faça parecer bonito. Não é algo que eu queira ou concorde."

"Então estamos num impasse, amor." Ele se inclinou para sussurrar em seu ouvido, "Mas você deveria conhecer prazer além da sua imaginação, e eu posso dar a você."

Ela puxou o ar com força. As promessas dele eram tão tentadoras, se ela as quisesse. Ele era lindo mas ela não queria nada a não ser amizade. Evelyn contou mentalmente até dez para recobrar o controle. Lidar com Jack era quase como lidar com uma criança pequena.

Ele deu um passo para trás e sorriu para ela. "Eu decidi te dar algo sem que tenha que me recompensar."

Que jogo ele estava jogando agora? Ela esfregou

a sobrancelha como se não acreditasse. "O que você quer?"

"Ah, o que eu quero está mais que claro, amor." Seu sorriso estava largo em seu rosto. "Eu quero cada centímetro seu nu e largado em minha cama de boa vontade. Eu pretendo me refastelar. Diga uma palavra e eu faço acontecer."

"Não." A boca de Evelyn se tornou uma linha fina. "Pare de me provocar."

Ele suspirou. "Você quem sabe. Em vez de te dar prazer, te darei a liberdade que procura. Meus homens sabem que devem te deixar em paz ou terão que lidar comigo. Pode passear pelo navio."

Ela tinha medo de pisar para fora da cabine. E se ela saísse e ele quisesse algo que ela não queria lhe dar? Ela precisava saber exatamente o que aconteceria se ela aceitasse a palavra dele.

"E você não esperará nada em troca depois?"

Ele levantou a mão e fez o movimento de uma cruz sobre o coração. "Eu prometo. Isto é algo que eu quero que faça. Se eu te mostrar minha generosidade, talvez você veja que eu não sou o monstro que pensa que sou."

Claro que ele tinha algum outro motivo. Isso não a surpreendia de forma alguma. No entanto, ela não recusaria a oferta. Evelyn estava desesperada para sair da cabine. A única coisa que a surpreendia era ele estar cedendo ao seu pedido.

"Falta muito pra chegarmos a alcova do pirata?"

"Está fazendo planos?" Ele riu. "Não se preocupe, eu a protegerei. Os outros piratas não tocarão naquilo que me pertence."

"Não sou sua," ela respondeu. "Pertenço a homem nenhum."

Talvez seja o melhor mesmo. Seu pai tinha mandado em sua vida. Ela precisava desse espaço para respirar. Capitão Jack não era para ela, mas ela poderia traçar o próprio caminho.

Ele a saudou. "Adoro nossos bate-papos. Para responder à sua pergunta, devemos estar lá dentro de uma hora."

Era por isso que ele estava permitindo que ela fosse ao convés. O navio atracaria logo. Se eles fossem para a alcova dos piratas, ela estaria relutante em sair do navio. Piratas não eram um grupo muito confiável. O que o capitão tinha preparado para ela, ela não sabia. As vezes ele era difícil de interpretar. Ela se agitou sob seu olhar fixo. "Posso ir ao convés agora?"

"Claro. Gostaria que eu a acompanhasse?"

Essa era a última coisa que ela queria. Ela precisava de espaço entre eles. Ao longo da semana ela começou a gostar dele, mas isso não significava que ela cederia sua inocência para ele. Ela teve uma pequena epifania enquanto eles conversavam. Ela tinha mais liberdade do que andar no convés. Pela primeira vez na vida ela tinha opções, e uma delas era casar por amor.

"Posso ir sozinha?"

"Sim," ele respondeu. "Aproveite a caminhada. Se mudar de ideia, sabe onde me encontrar."

Ela virou nos calcanhares e o encarou. Talvez ela devesse mexer um pouquinho com ele. Em troca do tanto que ele a provoca. Evelyn caminhou, balançando os quadris, na direção dele, levantou a mão e tamborilou os dedos do peito dele até os lábios. Ela os traçou com a ponta dos dedos. "Jack, querido, por favor eu lhe peço..." Ela se inclino pra ele e sussurrou, "eu preciso de algo que só você pode me dar."

"Pode me dizer?" A voz dele se tornou rouca enquanto ele se inclinava na direção dela.

Evelyn deu passo para trás e sorriu. "Espaço. Tudo o que preciso é a liberdade que me ofereceu para explorar o navio e fazer o mesmo quando atracarmos em Porto Royal."

Tinha sido muito fácil enganá-lo. Talvez ele

realmente a desejasse. Evelyn queria mais do que um pirata podia oferecer. Ela queria amor e estabilidade. Ele emanava uma aura de ameaça. Jack era um pirata – isso era fato – mas ela ainda sim gostava dele. Ele vivia baseado no seu próprio código de ética e ela o respeitava. Mas ele não era o homem que ela precisava em sua vida.

"Você é uma menina má mexendo com um homem." Ele balançou a cabeça. "Onde uma garota inocente aprende algo assim?"

Ela deu de ombros. "Aprendo rápido."

"Eu realmente adoro sua esperteza e rapidez de raciocínio." Ele riu. "Isso eu lhe digo. Vai explorar o navio. Nós nos falaremos mais tarde."

Evelyn assentiu e saiu da cabine. Nenhum dos piratas a parou para perguntar o que ela estava fazendo. Enquanto ela andava pelo convés, ela podia ver a terra à distância. Capitão Jack não mentiu. Eles chegariam ao porto logo. Ela foi até a grade e inclinou a cabeça para trás, adorando o calor do sol. Um barulho de trovão ecoou em seus ouvidos. Ela abriu os olhos e viu nuvens escuras se aproximando do navio. Um raio caiu na água. O vento começou a aumentar e as ondas batiam contra o navio. De onde essa tempestade apareceu?

"Baixem as escotilhas," gritaram da cesta da gávea. "A tempestade está vindo em nossa direção."

"Içar as velas," Capitão Morgan gritou. "Precisamos tentar chegar ao porto e atracar antes que ela nos alcance."

Evelyn olhava a tudo chocada. Ela ainda estava confusa de como a tempestade conseguiu chegar neles. Ela veio do nada. O vento batia contra ela enquanto ela olhava os piratas arrumarem o barco para um tipo diferente de batalha. O mar podia ser mais devastador que um adversário nervoso. O vento estava forte e eles conseguiram o usar para vantagem deles e eles diminuíram a distância até a ilha. Eles conseguiriam chegar lá. Evelyn precisava se manter paciente e não se desesperar.

"Você," uma voz nervosa falou de trás dela. "Isso é sua culpa. Eu disse ao capitão que dava azar trazer uma mulher a bordo. Talvez se eu te sacrificar para Davy Jones o destino nos perdoará e permitirá que o Canto da Sereia chegue à costa."

"O que?" Evelyn se virou, confusa, quando viu Percy. "Eu não fiz nada disso."

Não adiantava discutir com homens supersticiosos. Ele a empurrou com força e ela caiu do navio. As ondas a estavam sugando e ela começou a engolir água do mar. Pela primeira vez na vida ela agradeceu pela educação que recebeu do pai. Ele insistiu que ela deveria aprender a nadar. Ela levantou as saias e as prendeu da melhor forma possível no laço ao redor da cintura enquanto ela tentava se manter na superfície. Então ela começou a nadar em direção à costa, deixando as ondas a empurrar quando podia para economizar força. Graças a Deus, eles estavam próximos à costa, senão ela não teria chance.

Evelyn alcançou águas rasas da praia e flutuou nas ondas até a costa. Ela engatinhou até a areia cuspindo a água salgada. A tempestade continuava a castigar e se tornava mais forte enquanto ela deitava na praia e tentava achar forças para encontrar abrigo. Se Percy a tivesse empurrado um pouco depois, ela não sobreviveria. As ondas estavam ficando mais e mais altas indo em direção à praia.

Essa era uma tempestade horrível e ela ainda poderia morrer se não saísse da praia. Evelyn tentou se levantar, mas era inútil. O nado até a praia a havia esgotado. Suas saias estavam soltas ao redor de seus tornozelos. Elas estavam encharcadas e pesadas. Pense, Evelyn, pense. O que ela poderia fazer? Onde ela poderia ir?

"Aqui está você. Por que não parou?"

Ela olhou nos olhos azuis de um homem que

nunca tinha visto. Ele tinha um sotaque estranho que ela não sabia de onde era e as roupas dele eram igualmente peculiares. Suas calças foram cortadas na altura das coxas e ele usava uma camisa branca desabotoada sobre outra camiseta. Ela deveria estar escandalizada, mas ela estava muito cansada para se importar. "Como?" ela perguntou confusa.

Ele fez uma careta e segurou a cabeça com as mãos. O homem parecia sentir uma dor horrível enquanto esfregava as têmporas. "Eu te chamei. Você continuou correndo." Ele baixou as mãos e olhou ao redor deles. Era a vez dele parecer confuso. "Como eu cheguei na praia novamente? Onde está o hotel? Quão longe eu andei na minha escalada?"

"Está perdido?"

Era tudo o que ela precisava, um homem que não sabia onde estava. Que bem ele faria? Eles precisavam de abrigo contra a tempestade que estava ficando mais intensa a cada minuto.

"Acho que sim, mas acho que temos assuntos mais urgentes."

Ela lhe olhou com cara feia e disse. "Obrigada por dizer o óbvio."

Ele riu. "Acho que gosto de você. Venha, eu vou

ajudá-la a se levantar. Sei onde tem uma caverna que podemos usar de abrigo contra a tempestade."

Ela levantou o braço e colocou a mão na dele. Aparentemente ela não morreria hoje. Alguém estava cuidando dela. O homem colocou o braço ao redor de sua cintura e a ajudou a andar quanto eles entravam na densa florestar em direção à caverna.

"A propósito, sou Paul."

"Somente Paul?"

Ele sorriu. Ela parou de respirar. Ela pensava que o Capitão Jack era bonito, mas esse homem ganhava em todos os sentidos. Seu cabelo escuro e seus olhos azuis roubavam-lhe a atenção. Era a primeira vez em que ela realmente olhava para ele e seu exterior era impressionante. Antes sobrevivência era sua maior preocupação. O que estava acontecendo que homens lindos estavam aparecendo em sua vida? Era algum tipo de teste e ela não tinha ideia do que precisava para passar?

"Paul Dewitt," ele respondeu, "Estou em férias. Moro em Nova Iorque. Pelo seu sotaque, acredito que seja Inglesa. Como devo chamá-la?"

Eles não haviam sido formalmente apresentados então ela não deveria nem falar com ele. Mas ela poderia perdoá-lo pelo erro devido às circunstâncias. "Sou Lady Evelyn Beckett."

"Uma das aristocratas?" Ele deu de ombros. "Achei que eram uma raça em extinção."

Evelyn franziu o cenho. Ela não tinha ideia do que ele estava falando. "Eu não saberia dizer. Podemos achar a caverna agora? Preciso descansar."

Ele assentiu e seguiu em frente. O vento batia neles e crescia em força. Cada movimento era um sacrifício enquanto eles lutavam contra a força do vento. Logo a entrada da caverna apareceu na frente deles, e já não era sem tempo. Eles entraram e ele a ajudou a sentar.

"Relaxe, Lady Evelyn," ele disse na escuridão. "Acredito que ficaremos um tempo aqui, esperando a tempestade acabar."

Ela tinha medo de que ele estavisse certo. Mas, pelo menos, ela estava segura e viva. Com um suspiro, ela deitou e deixou a exaustão tomar conta. Seus olhos se fecharam por vontade própria e todos os seus pensamentos sumiram da mente enquanto ela se entregava ao sono.

Capítulo Quatro

aul esfregou as mãos no rosto. Tinha escurecido enquanto a tempestade atacava do lado de fora da caverna. Ele não podia ver nada ao redor dele. Se ele tivesse algum tipo de luz ele poderia olhar no relógio – ele estava morrendo de curiosidade para saber há quanto tempo eles estavam presos naquela caverna. Lady Evelyn não dizia nada pelo que pareciam horas. Ele podia escutar sua respiração desigual, e sua respiração ficava alta a cada hora que ela tremia de frio. Se eles não encontrassem uma fonte de calor logo ela poderia ter hipotermia. O frio estava começando a incomodá-lo também. Ele esfregou as mãos juntas na tentativa de aquecê-las e desistiu. Elas estavam adormecidas então ele as colocou no bolso dos shorts. Seus dedos bateram em um objeto que ele nem lembrava que estava ali – uma caixa de fósforos do hotel que ele havia pego mais cedo naquele dia. Como ele havia esquecido dela? Aquelas belezinhas podiam salvar as vidas deles. Apenas um problema ainda estava em seu caminho. O que ele usaria para acender o fogo... Ele foi até a entrada da caverna para o usar o pouco de luz que ainda tinha. Tinham algumas moitas e gravetos. Ele pegou tudo o que podia, junto com algumas pedras para conter o fogo. O fogo não duraria muito tempo, mas já seria um começo. Isso daria também luz para que ele pudesse trabalhar. Talvez ele encontrasse pedaços maiores de madeira seca, se sua sorte lhe ajudasse.

Seus dedos tremiam enquanto ele acendia um dos fósforos para queimar um pouco de moita e gravetos que ele havia encontrado. A moita pegou fogo rapidamente e com os gravetos não foi diferente. Calor começou a preencher a caverna. Não o suficiente para afastar totalmente o frio, mas era muito bom depois do vento gelado constante que passava pela caverna.

Paul olhava o fogo, quando se deu por satisfeito de que o fogo se manteria aceso, ele foi atrás de mais pequenos gravetos para jogar no fogo à medida que ele enfraquecia. Paul fez várias viagens e fez uma pequena pilha de gravetos perto do fogo para usar conforme necessitassem. Ele olhou para Evelyn. O vestido dela ainda estava ensopado e ela continuava tremendo. O que deixava a ele com pouca escolha. O vestido tinha que ser retirado, ou ela nunca esquentaria.

Ele começou o longo processo de desamarrar o vestido dela. Por que ela estava usando essa coisa infernal, para início de conversa? Tinha que ser desconfortável. As mulheres e suas escolhas de moda sempre o deixavam confuso. O desejo de usar um vestido antigo não fazia nenhum sentido para ele. Existiam roupas mais confortáveis e que ainda sim seriam femininas. Ela não precisava usar algo tão arcaico para se sentir como uma mulher. Talvez ela estivesse em alguma encenação de época ou alguma festa. Ele não havia explorado muito da ilha além da praia e do hotel desde que havia chegado.

O vestido finalmente se soltou. Evelyn gemeou enquanto ele descia o corpete do vestido. Ele precisava levantá-la para que pudesse retirar o vestido completamente. A cabeça dela balançou para frente e parou no ombro dele. A coitada estava completamente exausta. Ele se sentia um tarado despindo-a enquanto ela estava inconsciente. Mas não havia outra coisa a se fazer. Ela congelaria se ele não retirasse as roupas molhadas dela. Depois de ter retirado o vestido, ele a deitou novamente. A camiseta que usava por baixo estava molhada, mas secaria logo. Ele tirou a camisa que usava por cima e cobriu a garota que ainda dormia. Era uma camisa fina, mas a esquentaria um pouquinho. Ela tinha muita roupa ainda no corpo. E que tipo de roupas debaixo eram aquelas que ela usava? Tudo o que ela ainda tinha no corpo estava molhado e evitava que o calor penetrasse. Ele colocou o vestido dela perto do fogo para que secasse.

Evelyn gemeu novamente. Paul virou-se para olhá-la. Ela tremia incontrolavelmente. Ele tinha que fazer alguma coisa para esquentá-la. Ele correu para seu lado, e a levantou e a carregou para perto do fogo. Com ela aninhada em seus braços ele sentou com ela diretamente em sua frente. A cabeça dela caiu para trás e se aconchegou em seu ombro. Paul a abraçou e usou a combinação do calor de seus corpos e do fogo para aquecê-la.

"Calma, querida, não vai demorar muito para que se esquente." ele murmurava. Ele orava e esperava que ela sobrevivesse à tempestade. Ele não saberia o que fazer se ela morresse ali... ele não queria nem pensar nisso.

Ele buscou jogou mais gravetos no fogo enquanto o estudava. Depois de alguns momentos, tendo certeza que o fogo queimaria enquanto ele descansasse, ele encostou a cabeça contra a parede da caverna e deixou que seus olhos se fechassem. Ele mesmo podia usar um pouco de descanso.

§

Ela finalmente estava quente. O frio tinha ficado tão insuportável que parecia entrar em seus ossos e fazer de lá seu lar. Evelyn abriu os olhos. Levou algum tempo para que conseguisse focar em alguma coisa. Tinha um pequeno fogo à sua frente, provavelmente ajudando a esquentá-la. Consciência começou a preenchê-la aos poucos. Ela olhou ao seu redor, todos os sons, todas as imagens. Ela então notou que estava presa nos braços de alguém e gritou.

"Isso foi realmente necessário?" Uma voz pesada veio de trás dela.

Evelyn pulou dos braços de Paul e quase caiu no fogo. Seus braços se agitaram à sua frente na tentativa de manter o equilíbrio. Seria desastroso adicionar queimaduras ao seu corpo já machucado.

"Calma, querida. Eu não lutei para te salvar para que você morra agora por autoflagelo."

"Quem é você?" Ela foi para o outro lado da caverna e cruzou os braços em frente ao corpo., depois que ela notou que não estava mais usando seu vestido. "Você me despiu?"

Ela mal conseguia ver as feições dele na luz do fogo. Ele era charmoso e familiar, mas ela não conseguia lembrar de onde. De onde ela o conhecia. O corpo dela se esquentou enquanto ela o olhava. E pinicava em locais que nunca tinham pinicado antes. Esse homem era lindo, mas era óbvio que era um canalha por ter tirado vantagem dela enquanto ela dormia.

"Relaxe, não vou atacar você." Ele esfregou o rosto com as mãos. "Foi um dia longo e já está tarde. Eu não sei por quanto tempo essa tempestade vai durar, e eu preferia não ter que lidar com uma mulher histérica."

"Já lhe digo então que jamais eu cedo à histeria." Ela ergueu o queixo em desafio. Seu pai nunca teria tolerado aquilo. Ela tinha que ser uma dama em todas as horas, com uma postura calma e fria. "Mas não aceitarei que um homem que nem conheço me veja em minhas roupas íntimas. O que você fez com meu vestido?"

"Eu já me apresentei se você se lembrar. A gente já se conhece pelo primeiro nome." Ele cruzou os braços na frente do peito. "Olha, Evie, eu não sei como te encontrei. A última coisa que lembro antes de te encontrar na praia foi cair dessa caverna. Por isso eu sabia onde encontrá-la. Nada fez sentido desde que tropecei em você. Tudo o que eu quero é que essa chuva termine e eu possa pegar o primeiro voo de volta para casa. Essas férias são a pior coisas que alguém já teve na vida."

Ela inclinou a cabeça e o estudou. Ele estava maluco? Isso faria das coisas um pouco diferentes. Ela teria que lhe dar mais espaço, era imprevisível saber o que uma pessoa maluca podia fazer. Pegar um voo? E como ele achava que poderia voar a algum lugar? Todos sabiam que era impossível. Claramente ele estava fora de si. Ela podia tentar perdoá-lo por ter tomado liberdades com sua pessoa, mas ela duvidava.

"Você fugiu de um manicômio?" Ela o olhou duramente. "E meu nome não é Evie."

"Tudo bem, mas já que você não se lembra do meu nome, deixe me refrescar sua memória. Sou Paul Dewitt." Ele deu de ombros e riu. "Explique essa baboseira que você está falando? Está tentando insinuar que eu sou maluco?"

Como ele ousava zombar dela? Ela não era a única perdendo a cabeça

"Todos sabem que não é possível voar. Se quer chegar em algum lugar deve ser andando, por carruagem ou navio."

Ele caiu na mais imprópria gargalhada. O que era tão engraçado? Ela não era a ridícula ali. Não foi ela quem sugeriu que eles voassem para outro lugar.

"Não se porque ri, mas estou cansada disso. Se não pode ter uma conversa razoavelmente normal pelo menos pare de se comportar como se tivesse escutado uma piada. Eu não acho nada disso engraçado.

"Ah, querida, você não acharia." Ele secou o canto dos olhos. "Por favor, me diga que já viu um avião. Eles são mais do que capazes de nos levar para qualquer lugar que queiramos."

Ela não tinha ideia do que ele falava. "Está falando sério?"

"Moça, estamos em 1987. Aviões existem desde que os irmãos Wright voaram no Kitty Hawk em 1903." Ele deu de ombros. "Os aviões melhoraram muito desde o primeiro voo, e são comuns hoje em dia. Você nunca viu nenhum?"

Ela abriu e fechou a boca várias vezes. Como

ela responderia àquilo? Ele realmente tinha uma imaginação ativa. Quem quer que fossem os irmãos Wright, eles deviam ser gênios para construir tal máquina. E no que ela estava pensando ao acreditar nele. Ela balançou a cabeça para esquecer aquele lixo. Ele achava que era 1987 e que esses irmãos voaram em 1903. Ela precisava lhe dizer a verdade.

"Você está errado."

"Te garanto que não."

Ela negou com a cabeça. "Não, não estamos em 1987. Não é nem perto de 1903. Por que acharia que é?"

"Porque eu nasci em 1958 e terei trinta anos em menos de três meses. Voei até aqui em um daqueles aviões porque meu médico mandou que eu tirasse férias ou eu teria um ataque do coração antes do meu aniversário. Eu aceitei porque ele era um amigo da família."

A ilusão estava indo mais longe do que ela imaginava. Pobre homem. "Sinto lhe dizer que é, de fato, o ano de nosso senhor de 1722."

Ele ria tanto que teve problemas para respirar. A risada dele estava começando a irritá-la. Por que era tudo tão engraçado?

"Faz muito sentido agora," ele falou. "Seu

vestido, a tempestade, e nem lembrar como eu cheguei na praia. Eu morri e esse é meu inferno particular."

"Eu realmente duvido que Deus nos puniria no mesmo inferno. Eu nem o conheço ou sei como chegou aqui, mas posso lhe garantir que estamos muito bem vivos. Eu não lutei tanto para chegar aqui para desistir agora."

"Por que acredita ser 1722?"

"Porque nasci no começo do século, em 17 de Dezembro de 1700. Meu pai é o Conde de Ashland e é dono de uma plantação em São Cristóvão. Eu estava navegando, com minha empregada, de volta à Inglaterra para casar com o Duque de Southington quando nosso navio foi atacado por piratas. Quando a tempestade nos atingiu, um deles achou que eu tinha causado a tempestade e me atirou do navio. Se não estivéssemos tão perto da costa, eu não teria sobrevivido."

Era a vez dele ficar abrindo e fechando a boca. Ele a olhava com expressão confusa no rosto. Ele ficou em silêncio por vários minutos, pegando gravetos e jogando-os no fogo.

"Eu posso provar que sou de 1987. Você pode provar que é de 1722?"

"Além de minhas roupas, não tenho nada," ela

respondeu. "O que você tem que prova que você não é de meu tempo?"

Ele levantou a mão e bateu em algo no pulso dele. "Isto é um Rolex. Você sabe o que é?"

Ela negou com a cabeça. Parte daquilo era brilhante e brilhava à luz do fogo. A outra parte estava presa ao redor do pulso, talvez uma cinta de couro. "Não, creio que não."

"Eles não existiam antes de 1905. É um relógio chique. Isto não prova de que sou de 1987 mas prova que não sou de 1722. E tenho outra coisa que ajuda a provar que estou certo."

Ela queria olhar o relógio de perto. Ele parecia fascinante, mas ela não pediu. Que outra prova ele tinha? Isso era encantador. "O que?"

Ele pôs a mão no bolso e pegou algo. Ele se inclinou para frente e entregou para ela. "Não derrube. Pode ser uma das coisas que precisemos para sobreviver à tempestade. As outras são água e comida. Quando a tempestade diminuir eu vou procurar algo para comermos e bebermos."

"O que é isso?" Ela esfregou o dedo na pequena caixa.

"É uma caixa de fósforos. Você deve ter algo parecido em 1722. Não sei quando os primeiros fósforos foram inventados. É o que está escrito na frente que prova que estou certo. Você sabe ler?"

Ela bufou. "É claro. Sou bem letrada."

Como ele ousava sugerir que ela era ignorante?

"Vire a caixa e leia, mas lembre-se de não derrubá-la no fogo."

Ela revirou os olhos. Quantas vezes ele precisava dizer para ela não derrubar aquela coisa infernal? Ela se aproximou do fogo e leu a inscrição, Hotel e Suítes Porto Royal, 75° Aniversário, 1912-1987. "Como pode ser?"

"Ao que me parece um de nós fez uma pequena viagem no tempo, e tenho medo de que tenha sido eu."

Aquilo não podia ser boa notícia... O que aconteceria com eles e o que ele dizia podia ser verdade? Evelyn não podia esperar para que a tempestade passasse e eles pudessem investigar e descobrir a verdade.

Capítulo Cinco

aul foi andando pela vegetação molhada atrás de comida. Eles tinham ficado dentro da caverna por uns dois dias enquanto a tempestade passava por eles. O que eles estavam vivendo poderia ser o olho da tempestade. Se era, ele tinha medo de que a tempestade estava longe de acabar. Não era tão ruim quanto um furacão, pelo que ele entendia de tempestades, mas ainda era uma devastadora tempestade tropical. Ele precisava de suprimentos e precisava rapidamente. Ele não sabia quanto tempo eles ainda tinham antes da segunda parte da tempestade cair.

"Ai," ele gritou quando seu pé bateu em algo no chão. Ele olhou para baixo para ver o que era e sorriu.

A intensa velocidade dos ventos derrubou alguns cocos no chão. Ele agarrou o máximo que pôde carregar e voltou para a caverna. Ele fez algumas viagens para pegar mais. Não era uma dieta diversificada, mas eles forneceriam o sustento que precisavam para sobreviver. Eles podiam beber a água do coco e comer a carne de dentro. A casca podia manter o fogo aceso. Era um achado que salvava vidas. A boa notícia era que ele tinha um canivete Suíço no bolso, também. Ele se segurou para mostrar à Evelyn. Ele não queria assustá-la. Ela já estava bem tensa. O canivete ajudaria a abrir a casca do coco.

"Querida, cheguei," ele gritou quando entrou na caverna. Ele adorava provocar a Evelyn. Ela tinha uma reação diferente a cada vez e ele esperava ansioso para cada resposta.

"Você bateu sua cabeça enquanto estava fora?"

Paul sorriu. Ele aprendeu a conhecê-la bem nos últimos dias. Ela era afiada por natureza. O quanto mais ele a conhecia, mais ele gostava. Ela tinha fibra e não aceitava qualquer coisa que viesse dele. Sob outras circunstâncias ele até pensaria em sair com ela.

"Eu achei um pouco de comida. Eu vou pegar mais antes que a tempestade recomece."

Ela pegou um dos frutos e o estudou. "O que é isso? Você tem certeza de que isso é comestível?"

Ele franziu o cenho. "Você nunca viu um coco antes?"

"Por que eu veria?" Ela também franziu o cenho. "Eu não cozinho. É para isso que tínhamos criados. Eu já vi esses objetos marrons estranhos, mas não sabia o que eram. Se você diz que podemos comê-los, eu acreditarei na sua palavra."

"Certo. Você é uma daquelas aristocratas de que eu estudei nas aulas de história." Ele deixou o assunto de lado. "Vou buscar mais. E explicarei sobre esses pequeninos fabulosos quando eu voltar. Não saia da caverna. A tempestade pode voltar a qualquer momento. Acredito que estejamos no olho."

"O que é o olho?" Ela franziu as sobrancelhas juntas. "Algumas das coisas que você diz são confusas."

"É um termo usado para a calmaria na tempestade. É similar a um ciclone. Bem no centro é só silêncio enquanto o vento circula ao redor. Assim que o olho passa, nós temos vento e chuva por todos os lados novamente."

"Ah." Ela mordeu o lábio inferior. "Estou com

tanta fome. Não posso comer um desses enquanto você sai?"

Ele riu. "Você sabe como abri-los?"

"Não, mas acho que sou inteligente o suficiente para conseguir."

Ela era preciosa e cairia como uma luva naqueles grupos de feministas dos anos 70. Ele queria apertá-la e mantê-la a salvo. De certo modo ele duvidava que ela o deixasse fazê-lo. Se eles tivessem mais tempo… Ele balançou a cabeça. Não tinha mais tempo. Ele não sabia o que ele faria se realmente estivessem em 1722. Tudo o que ele sabia era quer ele faria qualquer coisa para que sobrevivessem.

"Amor, tenho certeza que, com as ferramentas corretas, você poderia fazer qualquer coisa." Ele sorriu. "Acredite em mim, você não as tem. Espere até eu voltar que eu te darei o que comer e beber."

"Está certo." Ela suspirou. "Eu consigo esperar mais um pouquinho."

"Prometo não demorar. Eu quero fazer mais umas duas viagens para pegar mais coco e termos o suficiente para comer caso a tempestade dure mais do que acho que durará."

"Eu entendo," ela disse solene. "Se cuide."

Ele assentiu e saiu da caverna. O mais rápido que pode, ele pegou mais uns cocos e retornou para a caverna. Sem dizer uma palavra ele os colocou no chão e saiu novamente. A chuva começou a cair e o vento aumentou enquanto ele voltava para os coqueiros. Ele pegou mais alguns cocos e correu de volta para a caverna. Assim que ele entrou o vento uivou alto e uma chuva torrencial caiu do céu.

Trovão estourava do lado de fora no momento em que ele colocou os cocos no chão. Evelyn se assustou com o barulho. "Calma. Isso aconteceria em algum momento. Vou abrir um desses cocos agora. Comida pode ajudar com sua tensão."

"Sim, e como abriremos essas coisas infernais? Eu sei que você disse que precisamos de um tipo de ferramenta, mas achei que estava mentindo para mim. Eu admito que tentei abrir um enquanto você estava fora e não consegui."

Ele sabia que ela tentaria. Fome era um motivador potencial. Ele colocou a mão no bolso e tirou o canivete.

"Você carrega uma ferramenta para abrir coco no seu bolso todo o tempo?" Ela ergueu uma sobrancelha. "Como alguém sabe quando precisaria de uma?"

Ele riu. "Isso não é uma ferramenta para abrir coco. É apenas uma ferramenta, ponto. Ela pode ser usada para muitas coisas." Paul abriu várias partes do canivete. "Essa aqui é uma faca. Essa daqui uma chave de fenda, e essa aqui é uma tesoura."

"Isso é fascinante. O que mais tem aí?" Ela tentou pegar o canivete. "Deixe-me ver."

"Não agora. Depois deixarei você ver. Por enquanto faremos um buraco no coco para beber a água que tem dentro."

Ele empurrou as outras partes de volta para dentro do canivete, deixando a chave de fenda para fora, e pegou uma pedra. Usando a pedra como martelo ele bateu com a chave de fenda na casca. Depois de várias tentativas ele conseguiu fazer um furo.

"Aqui, ponha o furo perto de sua boca e beba."

Ela enrugou o nariz numa careta enquanto estudava a fruta. "Tem certeza?"

"Sim. A água de coco vai te hidratar e satisfazer sua fome. Depois que você beber tudo, vou abrir o coco e você poderá comer a carne de dentro."

Ela estudou a fruta por mais um tempo e fez como ele ensinou. "Não é ruim, mas não é bom também. No entanto, a essa hora, sou grata de ter qualquer coisa – é uma delícia enquanto desce pela minha garganta." Evelyn bebeu toda a água e devolveu o coco para ele.

Ele abriu o coco usando o canivete e a pedra. Era um longo e tedioso processo mas valia a pena. A carne branca se soltou facilmente do fruto com a faca. Ela comeu um lado e ele o outro. Depois ele abriu outro coco e bebeu a água. Depois do consumo, ele jogou as cascas no fogo.

"Eles cheiram maravilhosamente bem, é o melhor fogo que eu já tive." Ela sorriu. "Se eu voltar para São Cristóvão, vou mandar que os serviçais queimem as cascas nas noites frias."

"Eu tento agradar." Ele fez uma reverência. "A gente deveria ficar confortável. Será outra noite longa."

Ela concordou. "Obrigada por cuidar de mim."

Ele abriu a boca, mas fechou em seguida. Estava na ponta da língua dizer que era um prazer. O que aconteceu com ele nos últimos dias? Se ele não soubesse, juraria que estava enfeitiçado. Quando ele sentou naquele consultório médico ele tinha prometido que não queria saber de mulheres, relacionamentos e especialmente, amor. Por que ele estava imaginando então um futuro com a Lady

Evelyn Beckett? Ele deve ter batido a cabeça para ter um desvio tão grande de pensamento. Ele precisava tirá-la de seu sistema para poder seguir em frente. Não tinha outra possibilidade. Se, e quando, ele voltasse para 1987 ele a deixaria para trás. E por mais que gostasse dela ele sabia que não poderiam ficar juntos Eles eram tão diferentes quanto o dia e a noite. Ela era perfeita em todos os sentidos. Se ele fosse se apaixonar, ela seria tudo o que ele quereria em uma mulher. Evelyn era persistente, bondosa, inteligente, e ela não ficava histérica. Ele gostava de que ela tinha a cabeça fresca sobre os ombros.

E também o animava o fato dela ficar tão confortável na presença dele. Ela nem tentava mais ser modesta. Ela deixou o vestido no chão da caverna para secar e andava orgulhosamente apenas em roupas íntimas. Ele não mencionou o fato de já ter visto várias mulheres desfilando em sua frente com bem menos que isso. Ele gostava de que ela não ficava exibindo o corpo.

Ele engoliu seco quando se deu conta de que queria tê-la ao seu lado para sempre. Tinha que ter um modo de fazer isso acontecer. Nem que ele tivesse que ficar em 1722 sem nenhum dinheiro e nenhum modo de garantir o conforto dela — de alguma forma, algum jeito de ficarem juntos. Ele apenas tinha que convencer Evelyn disso.

Paul soltou um riso abafado.

"O que é tão engraçado?"

"Eu lembrei de algo que o médico me disse antes de eu sair de Nova Iorque."

"Ah é?" Ela ergueu uma sobrancelha. "Se importa de dividir comigo?"

Ele sentia que queria contar tudo para ela. "Sim, mas vamos nos sentar em frente ao fogo primeiro."

Ele se sentou e Evelyn veio junto. Ela encostou sua cabeça nele e manteve o corpo junto ao dele. Era assim que ficavam desde a primeira noite. Ela logo entendeu que era importante dividir o calor corporal. Depois do choque inicial, ela entendeu a razão e sentou à frente dele para se manter quente. Eram esses momentos que ele adorava. Ela estava relaxada e segura, dentro dos seus braços.

"Você disse que o médico mandou que tirasse férias. Você não me parece doente. Por que ele lhe disse para descansar?"

Eles suspirou. "Sou o CEO da empresa de minha família."

"O que seria CEO?" Ela perguntou.

"Eu controlo a empresa e faço com que ela se

mantenha funcionando. Basicamente sou responsável por garantir que minha família não perca seus investimentos e possa viver dentro do estilo de vida no qual estão acostumados."

Evelyn levou a cabeça mais para trás na tentativa de olhá-lo. "E como isso te deixou doente?"

Ele queria abaixar a cabeça e beijá-la nos lábios. A vontade era tão grande que ele sucumbiu e a beijou. O beijo foi leve e doce. Um rápido selinho, para que depois ele pudesse explorar aquela boca totalmente. Paul sabia que tinha que ir devagar com ela. Ela era muito inocente e ele não podia tirar vantagem dela.

Ela passou os dedos sobre os lábios. "Por que fez isso?"

"Parecia uma boa ideia." Ele sorriu. Ela estava adorável. "Para responder sua pergunta anterior, eu estava estressando demais o meu coração. Desmaiei em meu escritório e minha família exigiu que eu fosse ao médico fazer alguns exames. A resposta mais simples é que eu tenho trabalhado muito, o que me levaria a morrer cedo. Não havia escolha. Era diminuir o ritmo ou morrer. E por mais que eu quisesse continuar a trabalhar, pensei que talvez aceitando e tirando essas pequenas férias eu estava me comprometendo."

"Você se arrepende?"

Ele se arrependia? Não, se ele não tivesse ido a Porto Royal ele não teria conhecido Evelyn. As vezes as coisas acontecem quando saem do nosso controle, mas elas mudaram sua vida da melhor forma possível. Ele tinha começado a ver como ela faria da vida dele melhor.

"Não. Eu acho que até começarei a escutar os conselhos do meu médico. Aparentemente ele sabe um pouquinho mais que eu."

Ele sorriu para si mesmo. Quem pensaria que ele seria tolo o suficiente para se jogar em um relacionamento com uma mulher, e se ainda tivesse sorte ele poderia até encontrar o amor.

"Se significar algo para você, também estou feliz que você está aqui." Ela se aconchegou mais perto dele. "E não digo isso porque você me mantém segura e alimentada. Eu gosto de você e não gostaria de ficar isolada em uma ilha com mais ninguém."

Paul nunca foi tão feliz na vida quanto naquele momento.

"Vá dormir, querida. Talvez a tempestade passe amanhã cedo e possamos procurar a civilização."

Ele encostou a cabeça na parede da caverna e fechou os olhos. O sono não veio logo para ele.

Segurar Evelyn era a cereja do bolo e ele queria aproveitar ao máximo. Logo eles sairiam da caverna e a realidade voltaria. Paul sempre tinha sido um homem esperto e, com o tempo se acabando, ele precisava apreciar todos os momentos que eles ainda tinham.

Capítulo Seis

Evelyn estava encostada no peito de Paul. Ela não queria se mexer. O calor do corpo dele era o maior conforto que tinha na caverna. Não tinha nada a ver com o quanto ela amava estar nos braços dele. Tudo bem, talvez tivesse… um pouquinho. Ela tinha que ser honesta consigo mesma. Como ela pensou que ele pudesse ser um canalha? Ele estava longe de ser um homem mau e era ridículo que ela tenha pensado isso dele. As ações dele provavam o quanto ele era bom. Nenhuma vez ele tomou alguma atitude que não fosse algo bom para os dois. Ele tomou cada passo na certeza de mantê-los vivos e ter uma chance depois que a tempestade passasse.

"Acho que está tudo bem para sairmos da caverna agora."

"A gente tem mesmo que ir?" Ela não estava muito empolgada em encarar o mundo lá fora. Assim que eles saíssem da caverna o tempo idílico deles estaria no fim. "Não estou empolgada de andar para lugar nenhum."

Se eles pudessem ficar no pequeno paraíso deles para sempre. Ela pensou se seria possível viver à base de coco. Tudo bem que essa dieta logo ficaria chata – os cocos não era ruins, mas não eram sua comida favorita. Ela não queria deixar o Paul. E se ele tivesse vindo de outra época? O que ela faria sem ele? Depois que Capitão Jack a sequestrou ela começou a pesar suas opções. Casar com o Duque de Southington já não era mais seu desejo. Machucava-a pensar em estar com alguém que não fosse o homem que a estava abraçando. Tinha que haver um modo de ficarem juntos. Destino os juntou por algum motivo. Ela realmente acreditava nisso e o seguiria onde quer que a vida os levasse. Estar juntos era só o que importava para ela.

"Não estou muito animado também. Estou parado a vários dias. Nossos músculos vão reclamar com certeza, mas não podemos ficar aqui para sempre."

Ela suspirou. "Eu sei que tem razão."

Evelyn se levantou e esticou o corpo. Seus músculos estavam doloridos e ela se sentia melhor de se mexer um pouco. Ela se virou e viu Paul a encarando. O que será que ele estava pensando? Será que ele sentia o mesmo que ela? Por mais que ela quisesse perguntar, ela tinha medo de descobrir a resposta. Ela não sabia se ele tinha alguém.

"Eu não conheço a ilha e não estou certo de que saberei qual direção tomar."

"Tenho medo de que não serei de grande ajuda. Mesmo em São Cristóvão eu não tinha permissão para fazer nada sozinha. Seu conhecimento é tão bom quanto o meu."

"Eu já imaginava quando você me disse que dependia dos empregados para poder comer." Ele afirmou e gesticulou em direção ao vestido. "Talvez devesse colocar o vestido. Se encontrarmos alguém, pode ser que entendam mal.

Ela sabia que ele estava certo. A sociedade imediatamente exigiria que ele se casasse com ela. Na verdade, exigiria de qualquer forma. Eles passaram muito tempo sozinhos para qualquer outro resultado. Ela ainda ficava surpresa de ter ficado tão confortável com ele e de ter ficado dias sem pôr o vestido. Evelyn andou até a vestimenta e a pegou. O vestido ainda estava levemente úmido. A caverna estava escura e falta de luz do sol não deu chance para que o vestido secasse por completo. Sem pensar demais em quais seriam os próximos passos, ela colocou o vestido. Mas ela não conseguiria passar os laços sozinha.

"Você poderia fechá-lo para mim?"

Sem dizer uma palavra ele fez o que ela pediu. Sentir as mãos dele contra as costas nuas dela a fez estremecer. Ela queria virar e implorar que ele a segurasse, que nunca a deixasse, mas mais importante, que a amasse. Evelyn tinha medo que fosse tarde demais para seu coração. Ele deu um grande salto no peito e voluntariamente se deu para Paul para sempre. Ela não conseguia olhar para além do momento em que estava. O futuro era incerto e desconhecido.

"Agora sim, está apresentável."

Ela passou a mão pelos cabelos. "Tão apresentável quanto possível."

Ele sorriu. "Você está linda."

Os lábios de Evelyn se curvaram num pequeno sorriso. "Fico feliz que pense assim. É sempre bom ouvir isso, mesmo quando eu sei que devo estar uma bagunça."

Ele levantou a mão e passou os dedos pelo

cabelo dela. E depois levantou a outra mão e segurou-lhe a bochecha. "Você é sempre linda pra mim."

Uma dor penetrou no coração de Evelyn. As palavras dele davam tanto dor quanto alegria. Por que tudo tinha que ser tão complicado? Ela estava cansada de drama em sua vida. Ela queria que algo fosse fácil pelo menos uma vez. Ela se agitou sob o olhar dele e olhou para o chão. Ela não sabia como responder àquelas palavras. Ela deveria admitir que achava ele charmoso? Talvez ela devesse dizer o quanto ele se tornou importante para ela. Esse era um terreno a ser desbravado, uma situação que ela não viveu antes. Uma situação que ela não queria passar de novo. Paul era o único homem que ela queria.

"Evelyn." Ele acariciou o rosto dela com um dedo. "Olhe para mim."

Vagarosamente ela levantou a cabeça e o olhou nos olhos. Ela respirou fundo ao ver o fogo que ardia nos olhos dele. Ela estava vendo direito? Os lábios dela se abriram em antecipação. Ela não sabia como ela sabia, mas ela acreditava que ele a beijaria. A primeira vez que ele a beijou foi uma surpresa. Acabou antes mesmo de começar. Foi um beijo leve que a deixou querendo mais, e ela tinha gostado e queria explorar a sensação dos lábios dele nos dela.

Ele se inclinou e pressionou os lábios contra os dela. Calor a preencheu em lugares que ela nem sabia que existiam. E queimavam em ondas a cada vez que seus lábios se encontravam e quando ele tocou a língua na dela, ela gemeu de prazer. O toque de sua língua era uma alegria. Ela o agarrou pela cintura o trouxe para perto. O quanto mais ela experimentava, mais ela quera. O beijo deles podia durar para sempre e ela ainda não teria provado o suficiente. Se ela soubesse o que um beijo poderia fazê-la sentir ela teria exigido que ele a tivesse beijado antes.

Ele afastou a cabeça e olhou para ela. A respiração dele estava rápida e os olhos acesos com algo que ela não conseguia identificar. Ela queria segurá-lo e não soltá-lo mais. Então ela fez a coisa mais sensata, encostou a cabeça no peito dele e suspirou contente. Uma vez que eles deixassem a caverna, não tinha volta. Ela queria marcar essa memória na mente para nunca mais esquecer.

"Precisamos ir."

"Eu sei." Ela deu um passo para trás e sorriu. "Vamos sair dessa ilha e descobrir onde estamos e que ano é."

Ele a pegou pela mão e a levou para fora da caverna.

§

PAUL DESEJAVA QUE TIVESSEM FICADO NA CAVERNA para sempre. Ele sabia que não era possível ou até mesmo realista, mas ele estava com medo do que o mundo real lhes podia oferecer. Eles andaram juntos, de mãos dadas, em direção à praia. Ele achava que era o melhor lugar para começar. Ele podia ter uma ideia melhor de onde eles estavam baseado no pouco tempo em que ele passou na ilha.

Quando eles chegaram na praia eles estancaram na areia, encarando, abismados com a devastação ao redor deles. Tudo o que eles podiam ver pela praia eram destroços trazidos pelo mar. Algas marinhas enchiam a praia de uma ponta a outra. Uma árvore foi arrancada até a raiz perto do pé da floresta e estava caída atravessada na areia, sem nenhuma folha. O vento tinha causado estragos na área e o oceano não foi nada gentil. Conchas estavam espalhadas e misturadas com vegetação e folhagem por toda a extensão de areia.

"Eu nunca vi nada tão..." Evelyn parou e

balançou a cabeça. "E nem tenho palavras para descrever isso. É horrível."

Ele não tinha dúvidas de que século eles estavam. Se fosse no tempo dele os destroços seriam muito piores. A praia não estaria tão – limpa – por falta de palavra melhor. Ele não precisava de nada mais para saber e aceitar de que de alguma forma ele voltou no tempo. Quando o médico prescreveu as férias, não era bem isso que ele devia ter em mente. Uma pessoa geralmente não viajava no tempo para fugir de seus problemas. Haviam meios mais fáceis de fugir da rotina.

"Podia ser pior." Paul suspirou. "Essa praia está cheia de destroços naturais. Não tem nada que o homem possa ter mexido. Em 1987, com a poluição que veio com aquela era, a praia estaria cheia de coisas que as pessoas não se importavam de jogar no mar. Também haveria a possibilidade de barcos terem sido levados pela água para a praia ou uma estrada. Os ventos de um furacão ou de uma tempestade tropical eram imperdoáveis, ninguém e nada estava a salvo deles. A gente tem sorte de ter escapado com vida."

"Eu não consigo imaginar como deve ser para você. Vivendo tão longe no futuro, devem ter coisas maravilhosas que você pode me contar do seu tempo."

Paul queria contar a ela tudo o que ela queria saber. Ele não estava tão certo de que seria prudente encher a cabeça dela com coisas do século XX. Tinham acontecido muitos avanços e levaria muito tempo para explicá-los. Se ela voltasse com ele, ele poderia mostrar-lhe tudo e dar-lhe livros para que ela pudesse aprender.

Ele já estava pensando no que poderia fazer com ela caso ela voltasse com ele. Ele não queria que fosse uma decisão precipitada. Se eles voltassem para 1987, depois que ele descobrisse como chegar lá, ele sabia como conseguir os papéis para que ela vivesse no tempo dele. Era para o benefício deles que ele era podre de rico e tinha uma vasta gama de contatos. Uma vez que eles tirassem todos os detalhes do caminho, eles poderiam se casar e começar uma vida juntos.

"Um dia eu dividirei tudo com você. Por enquanto acredito que tenhamos problemas maiores para resolver."

"Eu sei, precisamos sair da ilha."

Ela não estava errada. Eles precisavam sair da ilha o mais rápido possível. E por mais motivos que eles poderiam contar. Eles não poderiam ficar ali muito tempo sem ir à loucura. Que tipo de vida teriam? Eles tinham outros assuntos para lidar também. Um deles sendo um grupo de piratas que parecia vir na direção deles e Paul não estava com a menor vontade de lidar com eles.

"Você está certa, querida. Mas por enquanto acho melhor voltarmos a nos esconder em nossa caverna."

"Por que?" Ela ergueu uma sobrancelha. "Achei que precisávamos encontrar civilização."

"Precisamos." Ele assentiu. "Mas acho que eu descobri em qual navio pirata você estava."

"Descobriu?"

Ele a virou e apontou. O navio pirata parecia ter encalhado do outro lado da ilha. Os mastros podiam ser vistos acima das árvores. Pelo menos dali duas milhas ele podia ver pessoas andando na direção deles. Alguns dos piratas devem ter sobrevivido à tempestade.

"Ai Deus." Ela levou a mão à boca. "Capitão Jack estava tentando usar o vento para chegar aqui antes da tempestade. Aparentemente não funcionou. Espero que ele tenha sobrevivido."

Ele tentou abrandar os ciúmes que surgiram com as palavras dela. Por que ela haveria de ter simpatia pelo pirata que a sequestrou? Ela devia querer que ele morresse. Mas não era hora de discutir sobre isso e ele não queria escutar o que ela achava do capitão pirata. Por ele, ela não deveria mencionar o nome do homem nunca mais.

"Eu não quero descobrir nem que sim e nem que não. Vamos voltar para a caverna. Eu não quero que eles nos notem aqui ou que direção tomamos. Pelo pouco que sei sobre piratas, eles não são dos mais simpáticos."

"Eles não são muito legais," Ela concordou.

Ele riu. "Isso é para dizer o mínimo."

Ele alcançou a mão dela, a pegou e a levou de volta para a floresta. A vegetação abundante os camuflaria. Ele esperava que os piratas não os tinha notado na praia. Se a sorte durasse, poderiam ficar a salvo até que passassem por eles novamente. Isso daria um pouco mais de tempo para que ele descobrisse um modo de voltar no tempo. Se ele conseguisse recriar o cenário e os levar de volta para 1987, eles estariam seguros.

Capítulo Sete

Eles estavam de volta na caverna já fazia alguns dias. Paul entregou um coco para Evelyn. Ela bebeu do pequeno buraco que ele tinha feito com sua ferramenta. Eles tinham voltado à rotina na caverna sem muitos transtornos. Tinha se tornado a casa deles pela última semana. Com medo de que a fumaça atraísse os piratas, Paul não havia acendido a fogueira. Pelo menos ela não tinha mais frio. As roupas estavam secas e impediam que o ar gelado penetrasse. O vento tinha diminuído, mas o céu ainda estava nublado. A temperatura ainda teria que aumentar para voltar à temperatura normal de uma ilha tropical.

Ela lhe entregou o coco e ele bebeu um pouco, e então devolveu para ela. Ele estava sempre fazendo isso, fazendo questão que ela bebesse o quanto quisesse primeiro. Mas, por mais idílico que esse tempo havia sido, ela estava ficando irritada. Sua pele coçava e seu cabelo estava sujo demais.

"Eu realmente gostaria de tomar um banho. Estou tão suja de areia e água do mar. Eu sinto falta de casa."

Ele olhou para ela. Ele não se sentia e nem aparentava melhor do que ela. Talvez os dois precisassem de um bom banho. Pena que não tinham nada para se lavar. Ela sentia falta do cheiro do seu sabonete de rosas.

"Eu vi uma cachoeira quando saí antes. A base dela é uma grande piscina natural. Provavelmente é seguro o suficiente para que a usemos. Não vi sinal dos piratas. Amanhã acho que devemos deixar a caverna de vez."

Mais uma noite sem ter que enfrentar o mundo real, e ela estava aliviada. Eles poderiam voltar a viver. Era assustador, mas ela sabia que eles não poderiam continuar onde estavam para sempre. Era hora de seguir em frente e ver como eles reagiam um ao outro fora desse paraíso criado por eles. "Podemos? Eu gostaria de, pelo menos, tirar o sal e a areia do meu cabelo."

"Sim. Podemos ir agora se quiser."

Ela concordou. "Sim, por favor."

Ele ofereceu a mão para ela. Ela segurou a mão dele e ele a ajudou a levantar. Ela não podia esperar para nadar na piscina natural. Ela não queria nem saber se era inapropriado. Ela não duvidava de que ele tinha sentimentos por ela. Talvez ela tenha ficado brava por ter presumido que ele a queria para sempre, mas ela acreditava de todo coração. Ações falavam mais do que palavras. Quando ele estivesse pronto, ele diria o quanto a ama. Ela seria paciente.

"Não é longe da caverna."

Eles andaram por um tempo antes de chegar à piscina da qual ele tinha falado. Era um lugar lindo. Tinha flores descendo pelas vinhas do penhasco e a água era cristalina. Ela podia ver o fundo. Não parecia ser funda e a cachoeira não era tão larga. Ela fluía o suficiente para manter a piscina com água fresca. Ela queria ficar ali debaixo e deixar com que a água a lavasse.

"É linda."

"Sim, é," ele concordou. A voz dele tinha um som maravilhado.

Ela se virou para ele. O olhar dele não estava na cachoeira e sim nela. Ela prendeu a respiração quando viu o olhar dele cheio de calor. Ela queria tudo o que ele estava oferecendo. O que ela precisava fazer era só dizer sim e aceitá-lo. E então eles se pertenceriam para sempre. Ela ousaria fazer isso? Por dentro, ela sabia que não precisava de muito para que ele cedesse e fizesse amor com ela. E ela o queria mais que tudo. Ele estava tentando ser o mais cavalheiro possível e por isso ela o respeitava, mas era hora de deixar isso de lado e ficarem juntos de todas as maneiras possíveis. Uma ideia se formou na mente dela... Era hora de ser corajosa e tentar. Paul não a deixaria na mão. Ela não era uma sedutora, de forma alguma. Para ele, ela tentaria e faria o que fosse necessário para que acabassem todas as barreiras entre eles.

Evelyn virou de costas para ele e levantou o cabelo para liberar o acesso ao laço. "Pode soltar o vestido?"

Ele puxou a fita e soltou o vestido o suficiente para que ela pudesse sair dele. Nervosa, ela manteve as costas para ele e deixou os cabelos caírem pelas costas novamente. Eles seriam o único escudo que ela se permitiria ter. Ela deixou o vestido cuidadosamente numa pedra perto da piscina. Então ela tirou as roupas de baixo e ficou na frente dele sem nenhuma peça de roupa. Depois que ela deixou todas as roupas na pedra, ela olhou por cima do ombro e disse, "Você vai se juntar a mim na piscina?"

A única resposta que ela teve foi silêncio. Ela achou que isso era um bom sinal. Ele não negou e nem confirmou as intenções que tinha. Paul teria que considerar todas as opções antes de tomar uma decisão. Era quem ele era. Ela acabou o conhecendo bem depois desse tempo que passaram juntos. Ela não tinha dúvida de que ele se juntaria a ela na água. Ela entrou sabendo que ele logo a seguiria.

A água estava morna. Ela tinha tido receio de que estivesse fria, e quase queria que estivesse. O corpo dela estava quente de desejo, e agora estava coberto pela água da piscina. Ela mergulhou a cabeça e molhou o cabelo completamente. Uma vez a cabeça submersa ela ergueu as mãos e esfregou o couro cabeludo. Ela gemeu de prazer. A coceira a estava levando à loucura.

"Deixe-me ajudá-la."

Ela abriu os olhos e encontrou o olhar de Paul. Os olhos dele eram uma mistura de fogo e gelo. Ele levantou as mãos e terminou o que ela havia começado no cabelo. Era ainda melhor com ele fazendo a massagem. O corpo dele parecia enorme quando ele ficou em pé atrás dela. Desejo se concentrou na sua barriga. Como pedir a ele o que ela queria? A sua inocência não estava a ajudando a seduzir o homem que amava.

"Eu quero ficar embaixo da queda d'água."

"Então faremos isso. Vamos nadar até lá." Ele beijou o pescoço dela por trás. "Vá primeiro. Eu estarei logo atrás de você."

Evelyn nadou até a queda d'água. Seu corpo estava praticamente coberto pela água da piscina. Era um pouco mais raso perto da cachoeira. Seus seios ficaram expostos quando ela subiu numa pedra e ficou debaixo da queda. A água era leve e parecia flutuar do penhasco. A água massageava a sua pele. Era a coisa mais maravilhosa que ela tinha experimentado em toda a sua vida. Ela gemeu de prazer enquanto a água a lavava. A única coisa que faria ficar melhor era se Paul estivesse ali com ela.

Ela olhou por cima do ombro e percebeu que ele ainda não tinha se juntado a ela. Ele parecia estar preso no lugar onde ela o havia deixado. O olhar dele estava parado nela. Ela começou a chamá-lo, mas ele se moveu em sua direção. Ótimo, assim ele poderia aproveitar a maravilhosa queda d'água também.

§

Evelyn era como um canto de sereia. Ele ainda não podia acreditar que ela se despiu na sua frente. Ele não sabia o que ela faria depois. Quando ela ficou embaixo da queda d'água e revelou ainda mais seu corpo, ele ficou doido. Os seios dela eram lindos e ele queria segurá-los em suas mãos. Pelo que pareceu uma eternidade, ele a encarou, petrificado por sua beleza. Uma vez saído de seu estupor ele sabia que tinha que tê-la. Ele queria esperar e cortejá-la de maneira apropriada, da forma que ela merecia. Mas se ela quisesse ele a possuiria agora embaixo daquela cachoeira mágica. Ele nadou de encontro a ela e parou na sua frente.

"Você gostou?" Ele perguntou.

"É perfeito." Ela sorriu. "Você demorou para chegar aqui. Eu estava me sentindo sozinha."

Quando ela tinha se tornado essa mulher sedutora? Como ele tinha sequer imaginado que conseguiria resistir a ela? Ela era tudo o que ele não sabia que queria. Agora que ele a encontrou ele não ia deixá-la ir. Ele a puxou para ele e a beijou. A paixão dele o queimou de dentro para fora. Ele não podia se cansar daqueles lábios. O beijo o foi levando ao ponto de explodir.

Ele passou um braço por ela, e a puxou para ainda mais perto. Com a mão livre, ele levantou e massageou o seio dela. Ela gemeu e se esfregou contra ele. Eles não poderiam ficar dentro da água. Eles não tinham feito muita coisa e Paul já estava morrendo de vontade de estar dentro dela. Ele tinha que ter certeza de que ela estava preparada para ele. Ela era virgem e ele não podia apressar as coisas.

Ele se afastou e a olhou. "Passe as suas pernas ao redor da minha cintura, querida."

Ela fez o que ele pediu. Ele andou para mais dentro da cachoeira e a colocou na beirada do penhasco cheia de vegetação. Ele a beijou para distraí-la. Com cuidado ele a tocou entre as pernas. Ela gemeu alto enquanto ele acariciava a carne macia com seus dedos. Ele introduziu um nela enquanto ele continuava a massagear o clitóris dela com outro dedo. Ela estremeceu nos braços dele. Ele fez uma trilha de beijos pelo resto e pescoço dela até chegar aos seios. Ele lambeu um mamilo, e então o sugou para dentro da boca. Evelyn gemeu ainda mais alto. A respiração dela era pesada. Ele empurrou mais um dedo dentro dela e massageou o clitóris novamente. Depois, quando eles estivessem mais confortáveis, ele a experimentaria e a faria gritar enquanto sugasse o clitóris dela com a boca.

Por enquanto isso teria que funcionar. Ela gritou quando o clímax a atingiu.

"Eu achei que a cachoeira era a melhor coisa que já experimentei. Mas isso tem que ser… Não sei nem como descrever. Temos que fazer de novo."

Paul riu. "Não terminamos ainda."

"Tem mais?"

"Prometo que tem tanto mais que não conseguiremos fazer tudo em um dia."

Tinha tantas coisas que ele queria fazer com ela. Era apenas o começo do tempo deles juntos. Ele queria para sempre e o teria com ela. Ela era seu tudo. Ele não sabia que ele se apaixonaria tão depressa, mas ele nunca havia conhecido alguém como a Evelyn antes.

Ela deitou languida no topo da pedra. "Estou esperando."

Quem era ele para negar algo a ela? Paul engatinhou para o penhasco e se juntou a ela, puxando-a para perto e a beijando até que perdesse os sentidos. As pernas de Evelyn se abriram enquanto ele massageava a carne sensível de novo. Uma vez que ela estava relaxada em seus braços, ele começou a penetrar no calor dela. Ele se movia devagar para que ela se ajustasse ao seu tamanho. Com cada beijo, ele a penetrava um pouco mais até que ele estivesse totalmente dentro do canal apertado dela.

"Você está bem?"

"Estou perfeita."

Ele concordou. Ela era perfeita. Paul se movia para dentro e para fora dela com uma vagarosidade agonizante. Esta era a primeira vez deles fazendo amor e ele queria que fosse especial. Tinha que ser algo de que se lembrassem para sempre. Não havia motivo para apressar e sim todos os motivos para se deliciarem na união de seus corpos. O mais próximo de que chegavam a um orgasmo, o mais rápido ele se movia. Depois de um determinado momento ele não conseguiam mais controlar a paixão. A respiração dela estava entrecortada quando ela estava chegando ao topo e quase saindo do controle. Ela gritou quando atingiu o orgasmo. O canal dela o apertou trazendo o melhor prazer de que ele já sentiu. Não haviam palavras para descrever o quão maravilhoso era.

Fazer amor, não apenas sexo, era muito melhor. E ele sempre achou que isso era balela. Como ele estava errado. Ele fez uma oração em silêncio agradecendo a quem quer que seja que o fez voltar no tempo para encontrar o amor da vida dele. Ele os devia demais. Quando ele voltasse para seu tempo, para Nova Iorque, ele também iria ver o médico que exigiu que ele saísse de férias. Ele era quem mandou Paul nesse caminho. Se ele não tivesse seguido o conselho do doutor ele não seguraria o maior tesouro da sua vida em seus braços. O médico merecia um obrigado.

"Paul."

"Sim, querida?"

Ela levantou a mão e a colocou na bochecha dele. "Quando podemos fazer isso de novo?"

Ele riu. Ela era preciosa e adorável demais para descrever. "Eu preciso de um pouquinho de tempo para me recuperar, mas logo. Não creio que terei o suficiente de você."

Ela suspirou. "Concordo. Esse é o melhor dia de minha vida. Precisamos fazer isso com frequência."

Ele baixou o rosto e a beijos nos lábios. "Amo você."

Ela sorriu. "Eu também amo você."

A água, a cachoeira, fazer amor... era tudo maravilhoso. Tanto que ele queria ficar ali e aproveitar toda a glória pelo maior tempo possível. Mas ele era realista. Ele sabia que não poderiam ficar ali. Eles tinham que voltar para o mundo real. Ele tinha finalmente se lembrado do que aconteceu e como ele voltou no tempo. A tempestade tinha sido grande parte do problema. O vento o tinha empurrado para fora da beirada perto da caverna. Ele caiu, literalmente, pelo portal do tempo com a ajuda da tempestade.

Ele não sabia como eles poderiam usar isso para vantagem deles e retornar ao ano de 1987, mas ele tinha que descobrir um jeito. Eles estariam mais seguros e felizes na época dele.

"Acho que devemos nos vestir e voltar para a caverna. Logo vai escurecer."

"Eu sei que está certo." Ela suspirou. "Tem sido tão maravilhoso aqui que não quero ir."

Ele beijou o nariz dela. "Venha, vamos nos vestir. Eu vou fazer um fogo. Acredito que os piratas já foram embora."

Como o cabelo dela estava molhado, ele não queria que ela pegasse uma friagem. Por ela ele arriscaria qualquer coisa, até a ira de piratas. Ele esperava estar certo e que os piratas estivessem já do outro lado da ilha. Eles nadaram para a beira da piscina e saíram. Paul se vestiu rapidamente e ajudou Evelyn com a amarração do vestido.

Eles voltaram para a caverna. Ele levantou a mão dela e deu um beijo na palma. Nada ia os separar. A vida era tão fantástica quanto devia ser.

Capítulo Oito

Paul se inclinou e deu um beijo no topo da cabeça de Evelyn. Eles passaram boa parte do dia fazendo amor várias vezes. Era o modo deles de evitar o inevitável. Ele sabia que eles deveriam sair e descobrir o que fazer, mas ele estava relutante. Tudo o que ele queria fazer era ficar abraçado à mulher que estava em seus braços e esquecer todos os seus problemas. Infelizmente para eles não dava mais para ignorar a situação em que estavam.

"É hora de irmos," ele disse.

Evelyn passou a mão pelo cabelo dele. "Temos mesmo?"

"Quero ficar com você para sempre. Mas não vejo outra escolha."

Ele pensou na situação em que se encontravam durante toda a noite. O sono se evadiu dele, e ele foi forçado a encarar várias verdades. Era como se ele estivesse preso a 1722. Se fosse o caso eles tinham que seguir em frente e começar uma nova vida em outro lugar. O melhor lugar seria ir para as colônias. Elas ainda não eram chamadas de Estados Unidos, mas ainda era um lugar para o qual eles poderiam fugir. Não tinha se tornado a terra das oportunidades por acaso. Ele poderia começar do zero e reconstruir toda a vida. Eles poderiam se casar e começar uma vida juntos. Ele só precisava arranjar um jeito de chegarem lá.

"Tudo bem. Eu suponho que tenhamos que nos vestir e descobrir como chegar à alcova dos piratas que o Capitão Jack havia mencionado. Talvez, se tivermos sorte, podemos conseguir que alguém nos ajude."

Paul bufou. "Adoro que você seja otimista, querida, mas seu plano pode não dar frutos."

Ela sentou e o encarou duramente. "O que sugere que façamos? Estou disposta a escutar o que quer que sugira."

Ele olhou para ela e não disse nada. Como um homem acostumado a resolver todos os tipos de problemas ele não sabia como dizer à mulher que amava que ele não tinha ideia de como salvá-los. O destino deles estava no ar sem qualquer suporte para ajudá-los.

"Não sei." Ele esfregou o rosto com as mãos. "Eu gostaria de ter todas as respostas mas estou perdido. Nunca me senti tão inútil em toda a minha vida."

"Não seja tão duro consigo mesmo." Ela o acariciou no rosto. "Nós vamos descobrir. Eu tenho fé em nós e em nosso destino. Não nos juntaram para nos separar depois. Vamos começar por Porto Royal e veremos onde nos leva."

Já que ele não tinha nenhuma ideia melhor ele foi obrigado a concordar com a sugestão dela. Ele desejou ter algo mais, qualquer coisa que eles poderiam fazer. A ideia de andar com ela em meio a um grupo de homens com pouca ou nenhuma moral fazia seu estômago se revirar de medo. Eles estavam à beira de assinar o contrato das próprias mortes, ou pior. Ele nem queria pensar no que fariam à Evelyn se o matassem. Ela seria presa fácil para suas intenções lascivas.

"Tudo bem." Ele a puxou num abraço. "Mas antes de nos vestirmos, quero algo de você."

"O que?" ela perguntou.

"Isso…"

Ele inclinou-se e pegou a boca de Evelyn na sua. O beijo estava cheio de promessa e amor. Se eles estavam a caminho de entrar na alcova de maldades, então ele queria que o gosto dela estivesse em seus lábios por todo o caminho. Evelyn se afastou com um suspiro.

"Amo seus beijos. Prometa-me que me beijará sempre para o resto de nossas vidas."

Ele riu. "Esta é uma promessa que posso manter."

Evelyn se levantou e pegou as roupas de baixo. Era um sinal que ele deveria seguir seu exemplo e se vestir, mas ele estava hipnotizado. Ela era graciosa e linda. Ele amava olhá-la. Logo ela precisaria que ele a ajudasse a amarrar o vestido. Paul alcançou as próprias roupas e as vestiu rapidamente. Quando ele se virou ela já estava pronta esperando pela atenção dele.

"Estou pronta para que você amarre o vestido."

Ela sempre demorava mais para se vestir. Ela tinha tanta roupa para colocar. As roupas dele eram um shorts simples e uma camisa. Ele se inclinou e a beijou no ombro.

"Nada disso ou não sairemos daqui nunca," ela o repreendeu.

"Sim, amor."

Ele amarrou a fita do vestido dela, a virou e a abraçou. A atração pelos lábios dela era difícil de resistir. O gosto dela estava sumindo e ele precisava de outra dose. Ele capturou os lábios dela com os dele e penetrou com a língua em sua boca. Esse beijo era diferente do anterior... era uma promessa diferente. Dizia que ela seria dele para sempre e que ele iria ao fim do mundo para mantê-la ao seu lado. Ele não desistiria. Era hora de parar com aquela atitude derrotista que ele deixou queimar em seu âmago. O amor deles os salvaria e eles encontrariam o caminho. A fraqueza do tempo deles na caverna os acompanharia sempre, mas ele estava pronto para o que o mundo real tinha a os oferecer. E ele tinha Evelyn, que era o suficiente para ele.

"Vamos sair daqui."

Ela colocou a mão na dele enquanto eles saiam da caverna. Eles pararam em frente à entrada e encararam a vasta vegetação. A ilha tinha tanta beleza quanto perigos que eles tinham que encarar. Ele lhe deu um selinho rápido. Um raio seguido por um trovão chamou a atenção dele. Ele olhou para cima e viu que o céu estava cheio de nuvens escuras. Eles tinham esperado muito tempo e agora outra tempestade estava se formando.

Espere – isso poderia ser do que eles precisavam. A tempestade podia mandá-lo de volta no tempo, talvez essa os pudesse empurrar no tempo. Era ali que ele estava quando a outra tempestade o atingiu. Ele tinha visto Evelyn correndo. Não podia ser ela. Talvez uma imagem do que estava por vir.

"Ah se não é Lady Evelyn," uma voz chamou, "Estou feliz de vê-la viva. Tive medo que tivesse morrido na tempestade."

Paul a colocou atrás dele e se virou para encarar o homem que havia chamado pelo nome dela. Se ele sabia quem ela era, só podia significar uma coisa. Ele era um dos piratas que haviam a sequestrado. Ele não os deixaria chegar perto dela. Era seu dever protegê-la.

"Não graças a você." Paul o encarou. "Eu não deixarei que a machuque. Nos deixe e paz e não terá problemas."

"E quem disse alguma coisa sobre machucar alguém?" Ele acenou com a mão desdenhosamente. "Em relação a problemas... Eu gosto de um pouquinho de tempos em tempos. Mantém as coisas interessantes." O homem sorriu arrogantemente.

"Jack?" Evelyn espiou de trás de Paul. "Fico feliz que tenha sobrevivido também."

"Veja a dama gosta de mim." Capitão Jack acenou para ela. "Você não tem que protegê-la de mim. Eu não machucaria um fio de cabelo em sua cabeça. Agora outras coisas…" Ele balançou as sobrancelhas. "Isso cabe a ela decidir."

Paul deu-lhe um soco no rosto. Ele não iria, não poderia deixar que aquele homem falasse dela de maneira tão degradante. Ela era especial e não um objeto de desejo de um homem. Bom, exceto dele, mas era diferente. Ele a amava.

"Isso era realmente necessário?" Capitão Jack segurava o nariz. "Eu não disse que ia fazer nada. Se ela me quisesse ela teve amplas oportunidades de experimentar meus charmes. Ela me rejeitou." Ele deu de ombros. "A perda é dela."

Evelyn deu risadinhas… Risadinhas. Ele queria socar o capitão de novo. Ela não ria tão levemente na presença dele. Paul estava cheio de raiva e queria desmantelar cada centímetro do pirata. Ele não gostava nem um pouco de que a mulher que ele amava, de quem era devoto, podia estar enamorada por outro homem.

"Jack, pare de provocá-lo. Ele não tem o seu senso de humor."

Paul encarou Jack, inspecionando cada milímetro dele. Então, ele parecia ser bem-apessoado e ele não poderia negar que uma mulher o acharia atraente, mas isso não significava que ele gostaria daquilo. Ele era um cara irritante. Por que algo não o pegava e o levava dali para longe? Isso o agradaria em demasia.

"Claro, se você insiste, amor." Ele fez uma reverência. "Por você eu paro de perturbar o homem. Mas primeiro você precisa me dizer o que aconteceu com você. Eu tentei te encontrar quando o navio encalhou mas você não estava em lugar algum."

Evelyn abriu a boca para falar; certeza iria lhe dizer que um de seus homens a jogou do barco.

"É a bruxa!"

Capitão Jack virou-se. "Que besteira é essa, Percy?"

"É tudo culpa dela. A tempestade e a destruição do Canto da Sereia. Teríamos alcançado o porto se você não tivesse insistido em trazê-la a bordo."

Paul revirou o olhos. Tinha uma coisa que ele podia ser grato pelo século XX. Queimar bruxas na fogueira e culpá-las pelos problemas do mundo estava fora de moda. Este homem queria culpar Evelyn por algo que a mente pequena dele não podia entender.

"Não existe essa coisa de bruxas. Não nesse sentido em que você está falando."

Percy andou para frente e cutucou o peito de Paul. "Você só está dizendo isso porque está sob o feitiço dela. Ela fez o mesmo com o capitão. Ele nunca tinha levado uma mulher para o navio antes dela."

"Ela não fez nada." O capitão balançou a cabeça. "Eu nunca gostei de nenhuma à primeira vista antes. Lady Evelyn é um tesouro e a queria para mim. Isso não faz dela uma bruxa."

Percy ficou ainda mais nervoso depois das palavras do capitão. "Você está errado. É por isso que eu a empurrei do navio. Se ela não é uma bruxa, como ela sobreviveu? Todos sabem que bruxas flutuam e podem sobreviver às tempestades que elas mesmo criam. A prova está na sua frente. Ela está viva e tão bem que só pode ser uma feiticeira. Não consegue ver?"

"Você a empurrou ao mar?" A voz do capitão era fria e cheia de ameaça quando ele virou para falar com o membro de sua tripulação. "Você sabia o que ela significava para mim e que não era para causar nenhum mal a ela e você tomou a liberdade de livrar-se dela, porque você enfiou na sua cabeça essa besteira. Você só pode estar querendo morrer."

A mão do capitão repousou no facão preso ao seu cinto. Paul estava esperando que ele o pegasse cortasse o homem por ter ido contra as suas ordens. Ele se perguntava porque o capitão estava se segurando.

"Eu tinha de fazê-lo. Você precisa entender." Ele balançou a mão em direção ao céu. "Ela está fazendo a magia dela novamente. Outra tempestade está por vir. Precisamos matá-la se quisermos nos salvar."

"Esse homem é maluco. Evelyn não é bruxa." Paul precisava fazer com que o capitão enxergasse a razão. "Ninguém tem o poder de controlar o tempo."

"Eu não culpo a Evelyn." O capitão parou e olhou para Paul, "Eu sei o que precisa ser feito."

Antes que o capitão pudesse reagir, Percy passou por ele e correu em direção da Evelyn. Ela gritou e correu para longe dele.

"Evelyn!" Paul gritou.

O coração de Paul parou ao notar a cena familiar. Era assim que ele a tinha visto antes. A visão que apareceu para ele e nesse instante ele sabia porque ele estava ali. Era para salvá-la. Era por isso que ele a viu antes de cair e desmaiar.

Evelyn parou fora do alcance de Percy e virou,

correndo de volta para Paul. Ela tropeçou e caiu no momento em que Percy pulou atrás dela Paul reagiu e tirou Percy de cima dela antes que ele pudesse causar algum mal permanente. O pirata caiu perto do capitão. Ele tremia de medo enquanto olhava de Paul para Jack.

"Ela precisa morrer. Vocês dois sabem disso. Só estão com medo. Olhem além dos charmes dela e verão a verdade."

Paul olhou Jack nos olhos e disse, "Mate-o ou o farei com minhas próprias mãos."

"Será meu prazer." O sorriso do capitão era ameaçador quando ele se encaminhava ao encontro de Percy.

Evelyn se levantou e correu até Paul. Ele abriu os braços e a abraçou apertado. O vento começou a acelerar. Isso era familiar para Paul. A tempestade o levaria de volta. Ele sabia. Ele não queria deixá-la ir. Ele a abraçou forte na tentativa de levá-la com ele.

Capitão Jack levantou o facão. Quando ele estava para acertar Percy, o membro da tripulação o derrubou. O facão caiu no chão perto de Percy. O vento rodava ao redor deles e levantou Jack. A boca de Paul se abriu em choque ao ver o capitão sumir na frente deles. Para onde ele foi? Ele estava em 1987? A tempestade levou Jack em vez de Paul?

Percy pegou o facão e correu em direção a eles.

"Você não vai machucá-la." Paul segurou Evelyn firme em seus braços.

"Eu vou e uma vez que ela esteja morta vocês a verão pelo que ela realmente é."

Paul deu um passo para trás, ainda abraçando Evelyn. Percy atacou. O vento aumentou novamente ao redor deles. Percy lutou para chegar perto de Evelyn e Paul. Ele tropeçou tentando chegar até eles. O facão cortou a coxa de Percy e sangue jorrou para todo lado. Pelo tanto de sangue que saia, Paul achava que ele tinha cortado a artéria femoral. Era sangue demais para acreditar em outra coisa. Percy não sobreviveria a tal ferimento.

O vento forte tirou o ar de Paul. Mesmo depois de tudo ele não soltou Evelyn. O vento continuou empurrando em todas as direções até que ele não pudesse ver mais nada.. Se ele fosse morrer, pelo menos morreria com o amor da vida dele. Esse foi seu último pensamento, até que ele não pôde pensar mais.

§

O sol ardia. Ele não queria abrir os olhos. O que ele tinha bebido? Tinha que ter alguma explicação para a batida infernal que ele tinha na cabeça. A última vez que ele se sentiu assim foi a única vez em que ele bebeu demais.

Então ele se lembrou e pulou. "Evelyn!"

"Não grite. Está machucando minha cabeça."

Ele olhou ao redor e a viu deitada ao seu lado, com as mãos na cabeça. Viajar no tempo não parecia algo que os fazia bem. A viagem lhe deu uma enorme dor de cabeça e pela linguagem corporal dela ele podia adivinhar que ela estava passando pelo mesmo. Ele olhou através da praia e percebeu que estava no seu tempo, no hotel no qual ele estava hospedado na ilha.

Ele se levantou e a ajudou a fazer o mesmo. "Você sabe onde estamos?"

Ela olhou ao redor. Os olhos dela se arregalaram ao ver o hotel atrás dela. Era enorme e tão generoso quanto Porto Royal podia oferecer. A assistente dele se certificou de que ele tivesse o melhor do melhor para essas férias, incluindo a própria suíte com todas os mimos disponíveis.

"Estamos onde penso que estamos?" Ela ergueu uma sobrancelha.

"Se você diz meu tempo, você está correta."

Ele não podia esperar para mostrar a ela tudo e começar uma vida juntos. Ele queria e desejava poder trazê-la de volta com ele. Agora ele a tinha onde ele a queria. Eles escaparam da morte e ele não desperdiçaria o presente que lhe foi concedido.

"Eu amo você."

Ele nunca havia amado ninguém antes. Não do modo que ele amava Evelyn. Algo que ele não conseguia entender ou acreditar completamente.

"Eu também te amo," ela disse.

Ele tinha apenas uma pergunta para ela.

"Você quer se casar comigo?"

Evelyn olhou para ele. Seus lábios firmes em uma linha. Ela bateu no queixo enquanto pensava na pergunta dele. Se ela não respondesse logo ele ficaria maluco. A mulher estava o provocando de propósito para que ele acreditasse que ela poderia dizer não. Claro que ela não faria isso com eles. Ele sabia que ela o amava e que o próximo passo era o casamento.

"Eu caso com uma condição."

Ele sorriu, como ele podia ter pensado que ela diria não? "Qualquer coisa."

"Por favor, me diga que tem algum lugar aqui onde eu possa tomar um banho de verdade. Cansei dessa sujeira. Não nasci para a vida dura."

Ele riu e a trouxe para um abraço. Ela não tinha ideia dos luxos que ele tinha a oferecer. Ela nunca ia precisar de nada na vida. Eles se casariam antes de ir embora. Ele só precisava fazer algumas ligações para fazer os papéis de identificação dela. Eles não podiam viajar sem que ela tivesse a devida documentação. Uma vez que estivessem em Nova Iorque ele não queria nada entre eles.

"Essa é uma promessa que eu posso manter."

E ele manteve, Paul manteve todas as promessas que fez a Evelyn.

Epilogue

Cinco anos depois...

Evelyn olhava para a sua linda filha pequena e suspirou contente. A sua vida com Paul era perfeita desde o momento em que se conheceram. Estar nesse tempo apenas fez com que o amor deles brilhasse ainda mais forte. Em nenhum momento que eles acordaram naquela praia ela teve qualquer arrependimento por ter se apaixonado por ele. Não havia outro homem que a faria sentir do jeito que ele fazia.

"Mamãe, posso segurá-la?"

Ela olhou para sua outra filha com o mesmo tanto de amor. Os olhos verdes de Alys brilhavam de alegria enquanto ela olhava a irmã pelo berço. Seus cachos louros caiam pelos ombros. O vestido azul complementava a pele de porcelana e as bochechas rosadas.

"Agora não, querida."

O lábio de Alys formou um beicinho. "Por que não?"

Evelyn acariciou sua cabeça com carinho. "Ela está dormindo e não devíamos perturbar seu descanso. Vai ter muito tempo para segurá-la depois no batizado dela."

Uma cerimônia privada estava marcada para aquela noite. Apenas os amigos próximos e a família acompanhariam. Regina ia ser batizada e oficialmente apresentada como parte da família Dewitt. Ela era a benção que eles não imaginavam que teriam.

Evelyn não tinha muito o que fazer a não ser cuidar das meninas. Antes ela era voluntária em um hospital para crianças. Um dia um bebê foi trazido para a unidade de pediatria intensiva, depois de ser abandonada na sala de emergência. Essa garotinha era Alys. Ela se apaixonou no momento em que olhou para ela. Ela sabia que ela pertencia com ela e Paul. Ela implorou para que Paul desse um jeitinho para que eles pudessem adotá-la. Esse processo durou quase um ano, mas finalmente ela era legalmente filha deles. Alys tem sido a filha deles de coração desde o princípio. Por um tempo ela foi a maior benção da vida deles e aparentemente eles não seriam abençoados com mais nenhuma criança.

Eles faziam amor tão frequentemente quanto qualquer casal normal, mas ela nunca engravidava. Ela começou a acreditar que era estéril. Isso era um fato que ela teve que aceitar depois de um tempo. Paul a encorajava a ver o médico e depois de tratamentos, ela foi capaz de conceber. A gravidez foi difícil, mas todos os momentos valeram a pena quando ela finalmente deu à luz. Regina era a segunda benção deles, e Evelyn sempre seria grata.

Alys bateu o pezinho. "Eu quero pegar minha irmã agora."

Entre os quatro e cinco anos Alys não estava acostumada a receber um não. Evelyn se inclinou e beijou o topo da cabeça de Alys. "Que tal se comermos um lanche agora?"

Ela precisava distrair Alys antes que ela acordasse a bebê. Ela não era orgulhosa demais para usar algo que ela sabia que a pequenina ia querer mais do que a atenção da irmã.

Ela inclinou a cabeça e estudou a mãe. "Um biscoito?"

Evelyn normalmente não permitiria um agrado

pela manhã. Alys era muito esperta para o próprio bem e já sabia quais batalhas lutar. Se ela não segurasse a irmãzinha, ela pegaria a próxima coisa que ela pudesse.

"Apenas um," Evelyn respondeu.

Alys parecia analisar suas possibilidades. Depois de um tempo ela levantou alguns dedos da mão e disse. "Três."

E vamos começar a barganha... Alys transformava cada resposta em um debate. As vezes Evelyn se perguntava se a filha estava fadada a ter uma vida na política. Ela podia convencer qualquer um a fazer qualquer coisa. O modo como a mente dela trabalhava as vezes era assustador.

"Três é muito. Posse lhe dar dois."

"Tudo bem." Alys disse e saltitou em direção à cozinha.

Evelyn a seguiu, grata por ela não ter tido uma crise de birra. Fazia um tempo em que ela não tinha nenhuma, mas isso não significava que algo não poderia acontecer de uma hora para outra. Alys era ao mesmo tempo teimosa e amorosa. Ela sabia o que ela queria e corria atrás. Evelyn não tinha dúvida de que ela iria longe e faria grandes feitos em sua vida. As vezes Evelyn ficava triste que sua mãe biológica a havia abandonado. Ela não sabia o que estava perdendo. Evelyn estava mais do que feliz de pegar de onde ela parou e dar todo amor que podia para essa garotinha.

Ela pegou a lata de biscoitos do meio do balcão e tirou dois biscoitos. Ela se abaixou e os entregou para Alys. "Vá sentar à mesa. Eu vou levar leite e um guardanapo."

Alys pegou os biscoitos e correu em direção à mesa. Evelyn riu dela. Ela balançou a cabeça e pegou o copo do armário e encheu de leite. Ela colocou na mesa junto com o guardanapo para Alys. Depois que Alys terminou seu lanche, Evelyn a colocou para tirar um cochilo. Eles tinham uma longa noite planejada e ela nunca aguentaria sem uma soneca.

"Eu não quero cochilar." Alys fez beicinho. "Estou ficando muito velha para sonecas."

Evelyn se inclinou e a beijou na testa. "Que tal uma estória de ninar para te ajudar a dormir?"

"Sim, por favor."

Evelyn contou um conto de aventura envolvendo o pirata favorito de Alys, que também era o favorito de Evelyn. Ela não sabia o que tinha acontecido com Capitão Jack Morgan e era o seu modo de mantê-lo vivo. Um dia ela talvez escreva as aventuras deles para que todos possam conhecer o pirata charmoso. Ela sabia que suas intenções não eram honrosas quando ele a sequestrou, mas no final ele estava disposto a protegê-la a qualquer custo. E por isso ela seria eternamente grata a ele. Ela não teria a vida que tem com Paul e as meninas, se não fosse por ele.

Depois que ela terminou a estória ela ficou olhando enquanto a filha dormia. Ela era tão inocente e linda. Quando ela dormia era difícil dizer que as vezes ela era um terror. Ela se inclinou e lhe deu um beijo na testa. Agora que ela tinha as duas filhas dormindo, ela tinha outros planos.

Ela queria ver o marido. A sorte dela foi que ele cortou as horas de trabalho drasticamente e estava mais em casa do que no escritório. O problema era que ele tinha um escritório em casa para quando ele tivesse coisas urgentes a fazer.

E foi lá mesmo onde ela o encontrou. Curvado sobre o computador batendo nas teclas concentrando em alguma coisa que estava na tela. Ela fechou a porta com um clique suave e virou a chave. Eles tinham tempo para algo especial e precisavam muito de um tempo sozinhos.

"Tem tempo para uma pausa?"

"Estou tentando terminar esses relatórios antes do batizado. Quase acabando." Ele mordia o lábio inferior. Seu cabelo escuro caia sobre a testa. Ele trabalhava demais.

Ela precisava distraí-lo. O trabalho dele era importante, mas não mais importante que sua saúde. O médico o avisou há muito tempo que não era para ele se esforçar tanto. Era trabalho dela impedir que ele trabalhasse além da conta. Paul tinha que viver uma vida longa e feliz com ela e as filhas. Ela não aceitaria nada menos do que isso.

"Eu não consigo te convencer a ter um intervalinho?" Ela passou de leve os dedos no pescoço dele, e se inclinou para murmurar em seu ouvido. "Eu não estou usando nada por baixo."

Ela tinha deixado de lado as roupas de baixo de propósito. Os olhos dele encontraram com os dela e se aqueceram. As mãos dele subiram pela coxa dela e para baixo do vestido. Ele encontrou o centro úmido dela e acariciou a carne quente de desejo que aumentou enquanto ele a acariciava. Ela amava o modo como ele a tocava e trazia-lhe prazer. Sempre a fazia se sentir maravilhada o modo como ele a amava.

"Você é uma garota safada, querida," Ele a puxou para seu colo. "Mas eu gosto muito desse leu lado."

Ela também gostava muito desse lado dele. A

vida deles tinha sido cheia de aventuras. Evelyn não mudaria nada. O que quer que seja que os uniu merecia eterna gratidão de sua parte.

"Pensei que gostaria." Ela sorriu fingindo timidez. Evelyn passou a língua nos lábios e passou os dedos nos cabelos dele. Ela puxou um punhado e trouxe a cabeça dele para perto da dela. "Agora você prefere terminar o relatório ou se divertir comigo?"

Paul a puxou para seu abraço e a beijou até que ficasse tonta. Ele já nem lembrava de relatório nenhum enquanto fazia amor com ela. Evelyn era realmente a mulher mais sortuda da terra, e ela jurou nunca tomar nada por garantido.

***Se você gostou dessa estória veja o Ligados Através do Tempo, livro dois: Procurando meu Trapaceiro disponível. ***

Sobre a autora

Autora best-seller do *USA TODAY*, DAWN BROWER escreve romances históricos e contemporâneos. Sempre há histórias dentro de sua cabeça; ela simplesmente nunca pensou que poderia fazê-los ganhar vida. Essa criatividade finalmente encontrou uma saída.

Crescendo, ela era a única menina de seis filhos. Ela criou dois meninos como mãe solteira; nunca há um momento de tédio em sua vida. Ler livros é seu hobby favorito, e ela adora todos os gêneros.

www.authordawnbrower.com

Excerto: Nunca Deseje Um Duque

Dawn Brower

Nunca deseje um Duque

Prólogo

A milady Amélia Halsey olhou para a pista de dança e franziu a testa. Este era seu baile de apresentação, e ela se sentia uma flor de parede. Sua vida poderia ficar mais triste? Ela deveria ser a mais bela do baile. Cavalheiros deveriam disputar sua atenção, ou pelo menos, pedir para assinar seu cartão de dança.

Ela olhou para o cartão.

Não estava em branco, mas poderia muito bem estar. Havia apenas uma assinatura nele, e era de Ezra. O irmão dela. Ele a levou para a primeira dança, e todos ficaram fascinados. As mamães que pensavam em casamento, de qualquer maneira... Elas olhavam para seu irmão mais velho e seu título. Nenhum deles tinha qualquer utilidade para ela. Elas esperavam atrair um astuto visconde para suas filhas.

Eles eram todos tolos. Ezra não era tão facilmente alcançado, e qualquer um com a cabeça no lugar deveria perceber isso. Infelizmente, isso não impediu nenhuma delas de tentar. A alta sociedade a ignorou, mas todos clamaram por seu irmão. O visconde Carrolton era muito mais interessante do que sua irmãzinha.

Seria preciso alguém especial para chamar a atenção de Ezra, e nenhuma das mulheres elegíveis presentes chegara perto...

Ela suspirou. Talvez ela devesse desistir. Ela duvidava que alguém notaria se ela desaparecesse. Por que sofrer um momento a mais do que ela precisava? Amélia poderia ir para seu quarto e ler. Isso parecia muito mais agradável do que ver as pessoas dançando. Ela nem tinha certeza se queria dançar. Amélia não era a dançarina mais proficiente e muitas vezes pisava nos calos de seu parceiro. Isso pode explicar seu cartão de dança vazio. Nenhum cavalheiro fora corajoso o suficiente para escoltá-la até o chão quando ela os torturava tão impiedosamente.

Amélia olhou ao redor da sala mais uma vez. Ela tentou encontrar Ezra, mas ele parecia ter desaparecido. Ele provavelmente tinha encontrado uma milady casada com quem passar algum tempo. Ela não era tola. Ezra era um libertino notório e não se desculpou por isso. Essa também era uma das razões pelas quais ele era tão inatingível.

Definitivamente era hora de desistir. Se Ezra nem estava na sala, ela não tinha motivos para ficar. Ninguém iria detê-la, e ela não aguentaria nem mais um segundo. O tédio foi suficiente para deixá-la louca, e ela não tinha vontade de se tornar uma residente de Bedlam. Ela suspirou novamente e deslizou por uma das portas da varanda. Ela poderia deslizar para o jardim por um tempo e aproveitar o ar fresco. O salão de baile tornou-se sufocante.

Ela desceu as escadas e entrou no jardim. Havia um banco no centro, cercado por roseiras. Era sua parte favorita do jardim e ela costumava ir lá. Especialmente nos dias em que ela se sentia melancólica. Não tinha sido uma noite perfeita. Na verdade, nem chegou perto. Ela temia que nada pudesse salvá-la agora, e ela deveria considerar isso um fracasso total.

"A milady é adorável," disse um cavalheiro. Sua voz estava rouca enquanto falava. Rolou como conhaque quente em uma noite fria. Amélia estremeceu involuntariamente. Quem era ele?

Ele não podia estar falando com ela... O cavalheiro provavelmente nem sabia que ela estava ali. O que significava que era mais provável que outra mulher estivesse no jardim e eles estivessem tendo algum tipo de encontro. Ela deveria se virar e voltar para dentro, mas não conseguia se mexer.

"O milord é tão gentil, Sua Graça," disse uma milady, então deu uma risadinha.

Amélia revirou os olhos. A milady parecia tão infantil. Se ela já teve a atenção de um cavalheiro, ela esperava que ela não fosse uma completa tola. Embora ela tivesse aprendido algo com a mulher sorridente. Amélia não pôde deixar de ouvir o 'Sua Graça' inferindo que a mulher estava na companhia de um duque. Mas a verdadeira questão era: qual?

Não havia muitos duques disponíveis. O amigo de seu irmão, o duque de Graystone havia se casado recentemente. O outro duque elegível, que ela conhecia, ela nem tinha o visto no baile, e duvidava que o visse agora. Não faria bem a ninguém que ela fosse notada. A última coisa que ela precisava era ser pega no meio de algum tipo de escândalo.

"Eu não sou gentil," o duque discordou. "Eu

falo a verdade." Ele suspirou. "No entanto, devo insistir que a milady volte para dentro. Se seu marido a encontrar aqui, ele vai querer me desafiar, e temo que isso não termine bem para nenhum de nós."

Amélia sorriu. Ele era um libertino, como seu irmão. Ela deveria estar enojada, mas isso só a intrigou mais. Amélia tinha que saber quem era, e se a milady estava partindo, talvez pudesse vislumbrar o duque. Ela deslizou atrás de alguma folhagem e se escondeu. Uma vez que a milady passasse, ela rastejaria de volta para fora.

"Se você insiste," a milady respondeu em um tom petulante. "Eu poderia ter te dado tanto... prazer."

Amélia quase engasgou. Ela definitivamente não precisava testemunhar isso.

"Outra hora," ele respondeu suavemente. "Quando é menos provável que sejamos pegos."

"Eu vou te prender a isso," disse a milady.

O silêncio saudou Amélia. Ela não sabia o que eles estavam fazendo agora, e ela também não queria saber. Passos ecoaram de volta para ela, e ela deslizou mais para dentro da folhagem. Depois de vários momentos, ela deslizou e caiu de cara no chão. Amélia nunca afirmou ter graça... Ela rolou e se sentou de costas. Ela soltou um suspiro para tirar o cabelo do rosto.

"A milady está bem?" O duque definitivamente ainda estava lá. Seu tom estava cheio de diversão, e Amélia se odiava. Lentamente, ela virou a cabeça e encontrou seu olhar. Ela respirou fundo. Céus, ela nunca tinha visto um homem mais bonito... E ela agradeceu ao bom Deus que havia luar suficiente para poder apreciá-lo.

Ele tinha cabelos loiros com mechas douradas. Era do lado comprido, e um fio solto caiu sobre sua testa. O duque estendeu a mão e o colocou atrás da orelha. Ela desejou que ela pudesse ter feito isso. Amélia queria estender a mão e tocá-lo, para ver se ele era real. Ele tinha o rosto mais bonito. Maçãs do rosto altas e esculpidas, lábios carnudos e beijáveis, e seus olhos...

Ela estreitou o olhar... Aqueles olhos eram hipnotizantes. Estava muito escuro para ter uma visão precisa da cor, mas se ela tivesse que adivinhar, eles eram da cor do bom uísque escocês. De alguma forma, ela teria que encontrar uma maneira de responder a ele. O que ele perguntou a ela antes, olhar para ele a deixou estupefata? Ah, isso mesmo... ele queria saber se ela estava bem. Ela estava? Amélia achava que nunca pensaria com clareza novamente quando ele estivesse por perto. "Eu..." Ela engoliu em seco. "Eu acho que estou."

Droga. Amélia parecia uma tola maior do que a dama insípida que flagrara com o belo duque.

"Você não parece certa disso," disse ele. O duque estendeu a mão para ela. "Deixe-me ajudá-la."

Ela colocou a mão na dele e franziu a testa. O calor de seu toque se espalhou por ela e fez seu corpo inteiro ganhar vida. Era assim quando uma pessoa se apaixonava? Certamente era isso que ela sentia. Existia amor à primeira vista, e Amélia definitivamente tinha se apaixonado.

Uma vez que ela estava de pé, ela escovou suas saias. "Não!" ela disse a ele. "Eu realmente estou bem." Ela deveria parar de falar. Tudo o que saía de sua boca parecia piorar.

Seus lábios se contraíram. "Eu não vou continuar perguntando então."

"Obrigada," ela deixou escapar. "Por sua preocupação."

"Não pense mais nisso." Ele piscou. Ela quase engasgou com sua audácia. Mas ela também gostou. Ele estava flertando com ela? "Eu não vi você, e você também não me viu."

Ela inclinou a cabeça para o lado. "Mesmo se

eu tivesse visto, eu não poderia contar nada a ninguém."

"Por que não?" Ele disse em um tom confuso. Ele inclinou a cabeça para o lado enquanto a estudava. Amélia não o culpava. Ela não parecia fazer muito sentido no momento.

"Eu não sei quem o milord é," explicou ela. "Como eu contaria a alguém sobre o milord?"

Ele riu. "Eu sou o Duque de Darling," ele disse a ela. "Mas eu gosto da milady, então você pode me chamar de Grant."

O duque levantou sua mão e beijou sua palma. "Tenha uma noite maravilhosa, minha milady."

Então, com essas palavras, ele se afastou, deixando Amélia como uma poça de mingau. Ela não conseguia se mover, e seu único pensamento era... ele é perfeito. "Eu não disse a ele meu nome," ela sussurrou para si mesma. "Como ele vai me encontrar?"

Ela esperou semanas, e isso se transformou em meses. Ainda assim, ela tinha esperança de que ele a procurasse. Mas, como se viu, ela estava errada sobre ele. O Duque de Darling era um conquistador e, até onde ela sabia, nunca havia tentado encontrá-la. Quando eles se cruzaram, ele parecia olhar através dela, e Amélia temia que se ela se dirigisse a ele como Grant, ele se ofenderia. Aquela noite significava tudo para ela, mas não tinha sentido nenhum para ele. Às vezes, o amor não era para ser retribuído, e ela aprendeu uma lição valiosa.

Nunca deseje um duque... pelo menos não o duque de Darling. Ninguém era mais incapaz de amar do que Darling. Ele não tinha um coração e não se importava se ele quebrasse um. O duque não merecia seu amor. Se ao menos seu coração pudesse ouvir a razão...

Um

Dez anos depois...

Miss Amélia Halsey estava firmemente na prateleira. Era hora de ela aceitar seu destino. A condição de solteirona era seu futuro e, bem, seu presente. Nenhum cavalheiro se ofereceu por ela nas nove temporadas que ela se apresentou diante da alta sociedade. Ela permaneceria solteira e, se tivesse que aceitar a verdade, também deveria ser honesta consigo mesma. Nenhum deles a havia tentado, exceto um.

O Duque de Darling...

Ele era o mais inatingível de todos eles. Cada

debutante lançada a cada temporada esperava que ele tomasse conhecimento de sua existência e oferecesse casamento. Ele os notou por tempo suficiente para dispensá-los. O duque não queria se casar, e as jovens insípidas definitivamente não eram do seu agrado. Às vezes Amélia se perguntava se ele ao menos gostava de si mesmo. Ele apresentou ao mundo uma fachada encantadora, mas ele realmente sentiu alguma coisa?

Ela havia se apaixonado loucamente por ele uma década antes. Amélia tinha certeza de que ele iria visitá-la e cortejá-la. Quando ele beijou sua palma... seu coração parou por um segundo inteiro, apenas para reiniciar em um staccato rápido. Ele era o que ela estava procurando. O motivo das constantes decepções. Darling fez tudo valer a pena.

Até que ela percebeu que seu grande amor estava apenas em sua cabeça...

Então ela pegou os pedaços de seu coração despedaçado e seguiu em frente. Ela passou pelos movimentos, mas parou de sentir ou procurar de verdade. Sua busca havia terminado, afinal. O duque nunca seria dela, e ela aprendeu a lição. Agora era hora de fazer algo com sua vida. Algo que não envolvesse o duque de Darling, ou casamento com qualquer homem.

Teddy, a viscondessa de Carrolton, esposa de seu irmão, entrou na sala. Ela tinha seu filho, Remington, ao seu lado... sua mão firmemente em seu aperto. Remy tinha o cabelo loiro dourado de sua mãe e os olhos castanhos de seu pai. Suas feições lembravam a família Halsey e a única característica que herdara de sua mãe era o tom de seu cabelo. Amélia não tinha dúvidas de que ele cairia facilmente nos passos de Ezra e seria um belo patife um dia. "Aí está você," disse Teddy, um pouco exasperada. "Seu irmão deseja falar com você. Ele me pediu para mandá-la para o escritório dele."

O que Ezra queria? "Vou imediatamente." Amélia se levantou. Seu irmão raramente solicitava sua presença. Ele era um irmão maravilhoso que sempre apoiou suas decisões, mesmo que às vezes pudesse ser superprotetor.

"Antes que você vá," ela disse enquanto estendia a mão. "Você vai ao baile de máscaras em Graystone Manor hoje à noite?"

A Duquesa de Graystone era a irmã mais velha de Teddy, e o duque era um dos amigos mais antigos de Ezra. Amélia gostava de ir aos bailes ou saraus que a duquesa dava, mas não tinha certeza se desejava ir a um baile de máscaras. Ela não entendia por que a duquesa realizava um todo ano.

Amélia estava pensando em comparecer, mas enquanto pensava nisso, ela ainda tinha um vestido e uma máscara feitos. "Eu não sei." Ela tinha que decidir logo. "Vou decidir em breve, eu prometo."

Teddy soltou um suspiro e olhou para seu filho de sete anos. "Vou levar Remy comigo. É o dia de folga de sua governanta." Ela murmurou algo baixinho, mas Amélia não conseguiu entender o que ela disse. "A milady Benson precisa de um aumento, e pretendo falar com Ezra sobre isso quando voltarmos. Uma governanta não é paga o suficiente..." Ela colocou um sorriso no rosto. "Precisamos nos preparar para o baile. Espero que você já esteja decidida até lá. Você deveria ir. Vai ser divertido, e todos nós precisamos de algum entretenimento em nossa vida."

Com essas palavras, Teddy tentou arrastar Remy para fora da sala. Ela desistiu quando ele se sentou no chão e se recusou a se mover. Ela se inclinou, pegou-o no colo e o carregou da sala de estar. Amélia riu. Seu sobrinho era um pirralho teimoso. Esperançosamente, ele iria superar isso em breve. Caso contrário, Teddy poderia matar seu único filho.

Amélia saiu da sala de estar e foi para o escritório do irmão. Ela bateu no batente da porta e esperou que ele respondesse. Ele olhou para cima de alguns livros e fez sinal para ela entrar. Ela caminhou até uma cadeira perto de sua mesa e se sentou nela. Não muito elegante, mas ela parou de se importar com essas coisas três temporadas atrás.

Ezra fechou o livro e cruzou as mãos sobre a mesa. "Precisamos discutir seu futuro."

O futuro dela? Amélia endireitou-se e levantou uma sobrancelha. "E quanto a isso?"

Ele suspirou. "Você deseja se casar?"

Ela teve em um ponto no tempo. Agora, porém? Amélia balançou a cabeça. "Eu não acho que o casamento será algo que eu tenho na minha vida." Não, a menos que o Duque de Darling abrisse os olhos e percebesse que eles foram feitos um para o outro. O que era extremamente improvável.

"Você tem um dote considerável," ele disse a ela. "Deve ser usado quando você se casar; no entanto, não vejo por que esse deveria ser seu único uso."

O interesse de Amélia foi despertado. "Que outro uso há?" Ela estava se sentindo um pouco para baixo mais cedo, e essa conversa estava fazendo maravilhas para iluminar seu humor.

"Você poderia viver comigo e Teddy indefinidamente," ele começou. "Você é sempre bem vinda aqui. Antes que eu lhe diga o que estou pensando, você deveria saber disso."

"Claro que sim," disse ela. Ezra nunca a expulsaria. "E eu amo estar aqui."

Ele respirou fundo. "Como você se sentiria se tivesse sua própria casa? Uma casa à beira-mar." Ezra ergueu a mão para impedi-la de falar. "Me ouça."

"Tudo bem," disse ela. "Continue."

"Carrolton tem várias propriedades. Uma delas é uma pequena casa de campo. Tem espaço suficiente para você e um servo. Você poderia morar lá, e eu colocarei seu dote à sua disposição. Os fundos seriam usados a seu critério para o que você precisar. Você teria controle sobre sua vida. Vou doar a propriedade para seu uso por toda a sua vida. Na sua morte, voltaria para a família."

"Chega de bailes, saraus ou festas no jardim... "Isso soou como um pedaço do céu."

"Não," disse ele. "Não, a menos que você decida frequentá-los. Tenho certeza de que pode haver algum planejado na área e, como membro da nobreza, você pode ser convidada."

Amélia considerou o que Ezra havia oferecido a ela. Ela poderia viver em paz no campo e nunca se preocupar de verdade com o que algum membro da alta sociedade pensava dela. Ela não precisava se socializar se não quisesse. "Eu gostaria muito disso," disse ela. Afinal, ela iria a esse baile de máscaras. O duque de Darling certamente compareceria, e seria sua última noite estar perto dele. Enquanto ela estava lá, ela poderia até ser corajosa o suficiente para falar com ele, e se ela pudesse ser atraente o suficiente, talvez roubar um beijo, ou algo muito mais perverso.

"Se é isso que você quer, vou pedir ao meu advogado para preparar a papelada." Ele sorriu. "Se você não achar do seu agrado, você sempre pode voltar.

Ela assentiu. "É bom saber, mas não acho que será desagradável. Obrigada." Ela sorriu para ele. "Por pensar nas minhas necessidades."

"Eu sempre farei isso. Você é minha irmã. Eu tenho que cuidar de você."

"Nem todos os irmãos se sentem assim," ela disse a ele.

"Então eles são tolos." Ele sorriu. "Agora, vá descansar. Você não tem um baile de máscaras hoje à noite? Você vai querer estar descansada para isso."

Ele não tinha ideia... Ela tinha planos para a

noite que uma irmã nunca deveria discutir com seu irmão. Amélia assentiu. "Vou me recolher para os meus aposentos para um descanso. Aproveite sua manhã." Ela planejava aproveitar sua noite. Amélia inclinou os lábios para cima em um sorriso malicioso, e o Duque de Darling estava no centro de tudo.

Grant Barrett, o Duque de Darling, entrou em sua biblioteca esperando encontrá-la vazia. Ele deu um suspiro de alívio quando foi como ele esperava. Sua mãe geralmente ficava em Darling Abbey, a sede do ducado, mas Grant preferia Londres. Sua mansão era grande o suficiente para os dois, mas com sua mãe na residência, parecia que as paredes o cercavam. Ela sufocou suas atividades, e ele odiava quando ela o questionava.

Um homem não poderia fazer o que quisesse sem que sua mãe respirasse em seu pescoço?

Aparentemente não... Grant foi até o balcão e serviu uma taça de conhaque. Raramente bebia tão cedo, mas às vezes era necessário beber. Ele precisava da fortificação se tivesse que conversar com sua mãe novamente. Ela parecia uma harpia há dias, e Grant estava perto de fugir para o campo. A única razão pela qual ele ainda não tinha comparecido ao baile de máscaras anual. Ele não queria perder a bola. No entanto, se ele não comparecer, ele poderia se arrepender de sua decisão. Ele iria e aproveitaria o entretenimento fornecido. Depois do baile, ele consideraria a rusticidade. Poderia ajudar a salvar sua sanidade. Seu amigo lhe ofereceu o uso de sua mansão à beira-mar. Grant lhe escreveria uma missiva aceitando o convite. Ele poderia partir em alguns dias.

"Darling," - sua mãe gritou.

Ela nunca usou seu nome de batismo. Desde que ele assumira o título, ela parou de chamá-lo de Grant. Ele agora era Darling, e o título vinha primeiro. Grant podia ser seu filho, mas ela não o via como tal. Ele era o duque, e o duque deveria ser respeitado. A menos que ele não estivesse agindo como o ducado impõe, e então era direito dela explicar a ele como ele estava negligenciando seus deveres.

Grant respirou fundo. "Sim, Sua Graça."

Ele não levava títulos a sério ou honoríficos. Grant não se referia a ela como a Duquesa Viúva de Darling ou como Sua Graça. Algo que ela odiava, mas ele tinha grande prazer em frustrá-la. Ela entrou no quarto e parou na frente dele. O olhar gélido que ela lançou para ele iria murchar um homem menor. Grant não foi afetado e mal se conteve para revirar os olhos.

"Precisamos discutir à respeito das jovens elegíveis nesta temporada." Seu tom era estridente e irritou seus ouvidos.

"Eu discordo," ele respondeu secamente. "Essa é a última coisa que precisamos discutir."

"Você precisa encontrar uma esposa. O ducado precisa de um herdeiro."

Ele não queria uma esposa. Todas as damas elegíveis eram monótonas, e suas conversas incessantes o deixavam louco. Se Grant tivesse que se casar, ele queria realmente gostar de sua esposa. Ele precisava de uma mulher que despertasse seus interesses, mas até agora nenhuma dama tinha. No entanto, sua mãe estava certa. Ele precisava se casar e gerar um herdeiro; no entanto, ele não entendeu a pressa. Ele tinha muito tempo.

Grant tomou um gole de seu conhaque. "Eu me casarei quando encontrar a mulher certa."

"Você não tem esse luxo. Você não é tão jovem quanto pensa que é." Ela acenou com a mão para ele com raiva. "Seu pai era apenas cinco anos mais velho que você quando morreu. Pare de perder tempo. Espero que você tenha uma noiva até o final desta temporada."

"Não farei promessas." Ele bebeu o resto de seu conhaque. Queimou enquanto descia por sua garganta. Quanto mais ele pensava sobre isso, o tempo no campo soava melhor. Se sua mãe não fosse embora, ele definitivamente iria. Ele teria que ir a algum lugar onde sua mãe provavelmente não iria procurá-lo, no entanto. Se ele quisesse paz, teria que desaparecer.

"Se você não começar a procurar ativamente, vou garantir que você não tenha muitas opções." Ela ergueu os lábios em um sorriso ameaçador. "Você vai se casar estará com um filho a caminho no final do ano. Eu vou garantir que isso aconteça."

"Você vai me dar dicas no quarto ao lado?" Isso foi grosseiro, mas Grant odiava ser ameaçado. Se ela fosse jogar o desafio, então ele a deixaria desconfortável com seus ultimatos.

"Se for preciso," ela retrucou. "Mas pelo que ouvi, você tem muita habilidade nessa área. "Apenas certifique-se que deve fazer um bebê menino."

A boca de Grant se abriu em choque. Bom Deus, sua mãe não tinha limites quando se tratava de sua prole em potencial. Ela lançou-lhe um sorriso satisfeito, em seguida, dirigiu-se para a porta. "Comece a procurar esta noite. Eu prometo que você não vai gostar se eu assumir o controle da situação." Com essas palavras, ela saiu da sala, deixando Grant com muito a considerar.